Hans Brunswig

Bloß keinen Stress vermeiden!

-

Meiner Familie Sonnenschein / Brunswig

Hans Brunswig

BLOß KEINEN STRESS VERMEIDEN!

Impressum

Bibliografische Information der Deutschen Nationalbibliothek:
Die Deutsche Nationalbibliothek verzeichnet diese Publikation in der Deutschen Nationalbibliografie; detaillierte bibliografische Daten sind im Internet über http://dnb.dnb.de abrufbar.

Fotos: privat

Herstellung und Verlag: BoD – Books on Demand, Norderstedt

ISBN: 9783757862855

Inhalt

Vorwort:

Auch in diesem zweiten Buch des Autors nach „K. Lauers Tierleben – Die bizarre Welt vergessener Tiere" lässt sich wohl kaum sein Hang zum Kuriosen verbergen. Schon der Titel verrät, worum es in seinen kurzen Geschichten geht. Die beiden Bereiche „Reisen" und „Senioren-*innen" stehen im Mittelpunkt der Erzählungen. Seine persönlichen Erfahrungen auf Reisen mit Zug und Flugzeug gaben immer wieder Anregungen zum Schreiben. Manches hat er so oder so ähnlich tatsächlich erlebt. Manches hat er von anderen Reisenden aufgeschnappt oder beobachtet und die Fantasie hat ihm dann den Rest dazu gegeben. Ganz ähnlich verhält es sich mit den Texten, die sich mit dem Alltag von Senior*innen auseinandersetzen. Regelmäßig kommt Brunswig bei seinen Lesungen mit alten Menschen in Kontakt und erfährt so von deren Sorgen, aber auch von ihren Freu-den im Alltag. Die dort und anderswo aufgegriffenen Impulse setzt er dann kreativ in seinen kurzen Texten ins Werk. Stets in der Hoffnung, damit für einen Moment ein Schmunzeln auf das Gesicht der Zuhörer*innen zu zaubern. Bei allen Texten gilt am Ende immer die Kölsche Weisheit: „Et hat no ämmer jut jejange!"

Teil I:

Eine Reise, die ist lustig

Flug in den Süden

Ich versinke vor Scham im Boden. Mein ökolo-
gischer Fußabdruck ist eine wahre Katastrophe: Ich
bin Autofahrer und fliege mehrmals im Jahr auf die
Kanaren. Aber um die zu erreichen, muss nun mal
geflogen werden. Und zum Flughafen mit den
Öffis, das ist ein hohes Risiko bei so vielen Zug-
ausfällen. Also bleibt nur das Auto als verlässliches
Verkehrsmittel übrig. Ich weiß, ich weiß, Sie werden jetzt sagen: Was muss der Mann auch auf die
Kanaren? Und sogar zweimal im Jahr! Und Sie
haben natürlich recht mit ihrem Einwand. Man kann
auch von Ronsdorf aus im Bergischen wandern
gehen. Ist auch ganz schön, aber auf Dauer ziemlich
langweilig. Nichts für ungut. Ich liebe meine
Heimat, aber gerade deshalb muss ich verreisen, am
besten weit weg. Je weiter weg ich bin, desto mehr
freue ich mich später auf mein Zuhause. Und
deshalb muss ich weg, am besten in eine andere
Klimazone, wo es wärmer ist und es nicht so oft
regnet. Und wenn ich auf den Kanaren verweile,
freuen sich die dortigen Einwohner auf mich, weil
ich durch mein Erscheinen ihnen dabei helfe, einen
Arbeitsplatz zu haben. Blieben alle Touristen weg,

wäre eine fette Krise dort die zwangsläufige Folge. Das hat sich nicht nur ansatzweise 2020 während der Coronakrise gezeigt. Außerdem gilt das auch für das Personal im Flugbetrieb. Da hängen tausende von Arbeitsplätzen dran.

Also hatte ich letztes Jahr schon einen Flug für dieses Jahr gebucht. Diesmal sollte es nach Teneriffa gehen. Das sind ca. vier Stunden Flug, aber man ist mit Anfahrt und Transfer auf der Insel den ganzen Tag auf den Beinen. Der Flug sollte um 7:40 ab Düsseldorf starten. Das bedeutet, man muss gut drei Stunden früher am Flughafen aufkreuzen, um auf Nummer sicher zu gehen. Den Wecker auf drei Uhr gestellt und eine Tasse Kaffee in den Kopf geschüttet, dabei ein Brötchen reingezwungen und die letzten Dinge im Koffer verstaut. Dann kommt der erste spannende Moment: Das Wiegen des Koffers. Ja, wo ist denn schon wieder diese dämliche Kofferwaage? Ich hatte sie doch gestern extra an der Schlüsselablage platziert. Da liegt sie aber nicht. Teufel auch. „Wo hast du die denn nun wieder versteckt?" raunze ich die beste Ehefrau von allen an. Die reagiert gereizt und weist mich darauf hin, dass ich dieses Messgerät gestern Abend nochmal ins Schlafzimmer hochgeholt habe, um den Zwischenstand zu prüfen. Also im Eilschritt die Treppen hochgehastet und natürlich an der letzten Stufe hängengeblieben. Der blaue Fleck am

Schienbein war nicht so schlimm, aber dass ich mir diese Blöße gegeben hatte mit dieser verdammten Koffer-waage, das war richtig ärgerlich. Sie lag tatsächlich vollkommen Unschuld vorheuchelnd dort auf der Kommode. Ich schnappte sie mir und flitzte wieder ins Gästezimmer, wo die fertig gepackten Koffer standen. Aber als ich das Ding nun am Griff befestigen wollte, riss das Halteband und die Waage entglitt mir und schlug hart auf das Laminat auf. Nun war guter Rat teuer. Zum Glück war der Befestigungshaken noch intakt, sodass ich mir mit einem Gürtel helfen konnte. Aber nachdem ich die improvisierte Konstruktion am Koffergriff befestigt und das Gerät eingeschaltet hatte, versagte dieses seinen Dienst. Die Lämpchen blinkten wild durcheinander und ließen keine verwertbare Zahl erkennen. Das Scheißding muss wohl beim Fallen eine Macke abgekriegt haben. Zum Glück haben wir ja noch eine Personenwaage im Bade-zimmer, dachte ich mir und schleppte die Koffer wieder eine Etage hoch ins Badezimmer. Der erste Koffer kam auf der Waage zu stehen, jedoch konnte man das Display mit der Gewichtangabe nicht sehen, weil der doofe Koffer zu sperrig war. Mein Blutdruck war schon gefühlt nahe bei 180, zumal jeden Moment das Flughafenshuttle eintreffen konnte. Da hatte meine liebe Gattin eine großartige Idee: Wenn wir uns zusammen mit dem Koffer auf die Personenwaage stellten, müssten wir nur unser

Körpergewicht abziehen und hätten dann den gesuchten Wert. Gesagt – getan. Ich musste bei der Ermittlung des Eigengewichts meiner geliebten Gattin das Badezimmer verlassen, durfte aber beim Auslesen des Gesamtgewichts behilflich sein. Die Rechnerei übernahm dann wieder sie. Aber ich kann natürlich auch ein wenig rechnen, was ich jedoch in diesem Moment für mich behielt. Mitten bei der Messung des zweiten Koffers klingelte es an der Haustür. Das Shuttle war da. Jetzt kam Hektik auf, zumal als wir feststellten, dass der zweite Koffer zwei Kilo zu viel wog. Während meine Frau den Shuttle-Piloten schonmal in ein Gespräch verwickelte, überlegte ich mir blitzschnell, was ich flugs zur Erleichterung aus dem Koffer entfernen konnte. Mir wollte auf die Schnelle partout nichts ein-fallen, aber den Koffer konnte ich ja schonmal öffnen. Im Badezimmer war es natürlich ziemlich eng und so legte ich den Koffer flach in die Dusche und beugte mich über denselben. Dabei verlor ich das Gleichgewicht, weil die Matte vor der Dusche ins Rutschen gekommen war und mir den Halt entzog. Vornüber kippte ich in die Dusche, verzweifelt nach Halt suchend. Leider fand ich diesen Halt ausgerechnet am Mischhebel, der sich auch sofort angesprochen fühlte und mir seiner Bestimmung folgend eine kalte Dusche verpasste. Leider nicht nur mir, sondern auch dem offenen Koffer, der dadurch noch schwerer wurde. Mein lauter Fluch war bis ins Erd-geschoss vorgedrungen und so tönte es überflüssiger-weise von unten: „Schatz, was ist los? Beeil dich! Wir sind schon knapp dran! Ich steig schon mal ins Auto." Ich ersparte ihr und mir eine Antwort und rappelte mich wieder auf, nachdem die Mischbatterie wieder ruhig-gestellt war. Ich hatte keine Zeit mehr für komplizierte Überlegungen und schnappte nach irgendwas, was mir schwer genug erschien. Ich glaube, es waren zwei Bücher darunter und noch dies und das. Klappe zu, Koffer die Treppe runter und Haustür hinter mir zugezogen. Meine Gattin saß schon angeschnallt neben dem Fahrer, der den laufenden Motor aufheulen ließ. Drei Straßen weiter dann die scharfe Frage der allerliebsten Frau der Welt: „Du hast doch wohl die Haustür abge-schlossen?" – Diese Frage ließ mir die Spucke im Mund gerinnen und als sie die Frage in einem etwas schärferen Ton wiederholte, hörte ich mich sagen: „Ich glaube schon." Gleichzeitig versuchte ich unauffällig in meiner Jackenrasche den Haustür-schlüssel zu finden. – Fehlanzeige! Da war mir schlagartig klar, dass ich nicht nur die Tür nicht abgeschlossen hatte, sondern dieselbe in Eile einfach nur hinter mir zugezogen hatte, wobei der Schlüssel drinnen geblieben war. – Ich zog es aber vor, das Thema nicht weiter zu vertiefen und fragte stattdessen nach dem Terminal und der Nummer des Check-In-Schalters. Vorsichtshalber vermied ich dabei den Blickkontakt zu meiner Frau. Die nächste halbe Stunde verlief bei wenig Verkehr weitgehend still. Erst, als wir in das Flughafengelände einbogen, durchbrach meine Frau die Stille mit der Frage: „Du hast hoffentlich die Bücher nicht wieder rausgenommen vorhin?" - Ich überhörte diese Frage angestrengt und bereitete mich seelisch auf den Ausstieg vor. Dann ging alles völlig reibungslos. Wir betraten Terminal B und steuerten zielbewusst den Schalter Nr. 59 unserer Airline an. Obwohl es erst viertel vor sechs war, waren wir überraschenderweise nicht alleine dort. Gefühlte 62 andere uns völlig unbekannte Flugwillige standen vor uns und begehrten wie wir, dass man ihnen die Koffer abnahm und das Bordticket aushändigte. Nach etwa einer Stunde verspürte meine Gattin einen unangenehmen Druck auf der Blase und eh ich reagieren konnte, verschwand sie mit den Worten: „Bin mal eben auf Toilette!" Inzwischen waren nur noch zwei Paare vor uns und wider Erwarten war deren Abwicklung am Schalter recht zügig verlaufen, sodass wir nun eigentlich dran waren. Das Problem war nur, dass meine Frau noch nicht zurück war. Mutig schritt ich zum Schalter und stellte schonmal einen Koffer aufs Band. Dann fiel mir ein, dass sich die Reiseunterlagen in der Handtasche meiner Frau befanden und weil Frauen solche Taschen stets mit aufs WC zu nehmen pflegen, hatte ich jetzt ein Problem. Frau war immer noch nicht in Sicht und der Blick der Frau hinter dem Schalter ließ Ungeduld erahnen, obwohl ich Ihr den Sachverhalt geduldig erklärt hatte. „Lassen Sie doch mal die Fluggäste hinter Ihnen vor. Sie können ja an der Seite warten, bis Ihre Frau zurück ist." - So verging Minute um Minute. Auch nach einer Viertelstunde stand ich rat- und hilflos an der Seite. Die Schlange war jetzt auf nur noch wenige Passagier abgeschmolzen und meine Anspannung war mir anzusehen. Schließlich war ich allein vor dem Schalter und die nette Servicedame am Schalter schaute ein wenig nervös auf ihre Armbanduhr. „Soll ich Ihre Frau mal ausrufen lassen? Eigentlich müsste ich nämlich den Schalter jetzt gleich schließen." Ich hatte kein Argument, was dagegensprach und so ertönte wenige Augenblicke später aus dem Laut-sprecher der Name meiner Frau in Verbindung mit dem Hinweis, dass der Check-In Schalter in spätestens drei Minuten geschlossen werden würde. Dann dauerte es keine zehn Sekunden und ich sah, wie sie sich gemütlich auf unseren Schalter zubewegte und vollkommen ruhig flötete: „Ich weiß, ich weiß, hat ein bisschen länger gedauert. Ich bin noch kurz in der Parfümerie hängengeblieben. Da gab es so ein tolles Sonderangebot. Da konnte ich nicht nein sagen." Ich erwischte mich innerlich bei dem Gedanken, dass sie doch am besten selber endgültig verduftet wäre, anstatt sich mit einer neuen Duftnote zu versorgen, behielt jedoch diese Gedanken für mich. „Hast du sie Durchsage eben nicht gehört?" – „Welche Durchsage?" - „Du bist eben ausgerufen worden!" Es hatte keinen Zweck. Wir mussten unseren Konflikt auf später verschieben. Nach dem Einchecken ging es schnurstracks zur Sicherheitsschleuse. Während wir gerade eben noch einsam am Schalter standen, waren wir nun erneut in Gesellschaft zahlreicher Flugwilliger und standen also wieder in der Schlange. Der Uhrzeiger bewegte sich derweil unerbittlich weiter und in zehn Minuten sollte das Boarding beginnen. Schließlich kamen wir eine Viertelstunde später mit unserem Handgepäck zum Sicherheitscheck und legten alle Sachen aufs Band. „Bitte auch den Gürtel. Haben Sie im Rucksack noch elektronische Geräte?" „Nein!" entfuhr es mir und ich registrierte im selben Moment, dass ich ja mein Tablet noch dabeihatte. Die Leibes-visitation überstand ich unfallfrei, aber dann wurde es unbequem. Am anderen Ende des Bandes nach dem Tunnel stand schon ein Mitarbeiter mit ernster Miene und fragte: „Und was ist das hier? Ist das etwa kein elektronisches Gerät?" Mir wurde abwechselnd heiß und kalt. „Kommen Sie bitte mal mit an den Nebentisch und packen Sie alles aus, was in dem Rucksack sonst noch ist." Mein Verweis auf das bereits im Gang befindliche Boarding unserer Maschine half leider nichts. Selbst als die durch Mark und Bein gehende

Durchsage per Lautsprecher zu vernehmen war, die neben der Flugnummer, Flugsteig und unsere Namen zum Inhalt hatte und sehr deutlich darauf verwies, dass das Gate in wenigen Momenten schließen würde, schien das den Sicherheitsfritzen nicht zu beeindrucken. Schließlich hatten wir es geschafft und rannten in Richtung des Gates 26. Leider hatte ich keine Zeit mehr gehabt, nach der Kontrolle meinen Hosengürtel wieder in die richtige Position zu platzieren und so musste ich die Hose die ganze Zeit über mit einer Hand festhalten. Gerade als wir völlig erschöpft an Gate 26 angekommen waren, packten die netten Damen von der Zugangskontrolle ihre Listen zusammen und waren bereits im Begriff den Zugangsschalter zu verlassen. Dann sahen sie uns in die verzweifelten Gesichter und mit strafendem Blick vollstreckten sie doch noch die Registrierung unserer Boardingpässe. Wir hasteten durch den Zugangsschlauch und sahen, dass eine Stewardess bereits den Griff der Flugzeugtür in der Hand hielt. Schweißgebadet ließen wir uns auf die engen Sitze fallen, schnallten den Gurt fest und fielen fast augenblicklich ins Koma. Nein, natürlich nicht, aber fast. Die erste Flugstunde wechselten wir kein einziges Wort. Ich zählte im Stillen den Konto-stand zwischen uns. Nach meiner Rechnung stand es 1:1. Sie war am Check-In Schalter mit 1:0 in Führung gegangen und der Ausgleich fiel kurz später an der Sicherheitsschleuse. Nach meinem Empfinden war ihr Vergehen mindestens zwei Punkte wert, aber das ist natürlich eine Frage der Perspektive. Der Treffer beim Verlassen des Hauses war noch nicht eingepreist, denn davon wusste die Allerliebste ja noch nichts. Ich hatte noch keine Idee davon, wie und vor allem wann ich ihr das noch verklickern könnte.

Flug und Ankunft in Teneriffa verliefen ohne weitere Zwischenfälle, sieht man mal davon ab, dass wir entdeckten, dass der Perso meiner Allerwertesten schon seit einem Jahr abgelaufen war. Gottseidank hatte sie noch einen gültigen Pass dabei.

Das Gepäckband spuckte unsere Koffer zeitnah aus, sodass wir uns zum Transferbus begeben konnten, der vor dem Terminal warten sollte. Es warteten zahlreiche Busse dort. Wir mussten nur noch den Bus mit Fahrziel Puerto de la Cruz finden. Auch diese Aufgabe bewältigten wir ohne Anstrengung. Der Fahrer hatte eine Liste mit den Namen der Passagiere, die erwartet wurden. Da schon ein paar Fahrgäste geduldig anstanden, nutzten wir die Zeit, um unser Gepäck schonmal im Kofferraum zu verstauen. Dann waren wir dran, nannten unsere Namen und begehrten Einlass in das Fahrzeug. Das hätte alles reibungslos geklappt, wenn auf der Liste des Fahrers unsere Namen zu finden gewesen wären. Aber dort waren wir nicht gelistet. Der anschließende Blick auf unsere Reiseunterlagen brachte dann die Erklärung: Wir hatten ohne Transfer gebucht. Die Frage nach einer spontanen Nachbuchung erübrigte sich, da der Bus komplett voll war. Entnervt wandten wir uns ab und traten den geordneten Rückzug an. Wo ist denn nur die Haltestelle für den Bus nach Puerto de la Cruz? Man erklärte uns in gebrochenem Englisch mit stark spanischem Akzent den Weg. Unterdessen war der Transferbus bereits abfahrbereit. Auf dem Weg zur Haltestelle kam uns etwas komisch vor. Wir hatten nur einen Rucksack und eine Handtasche dabei und da fiel uns siedend heiß ein, dass die beiden Koffer ja noch im Bus waren. Die Rücklichter des Busses sahen wir gerade noch, als er auf die Hauptstraße zur Autobahn aufbog.

Ich will es kurz machen: Schon am übernächsten Morgen standen die Koffer vor unserem Appartement. Zum Glück hatten wir die Zieladresse auf den Koffer-anhängern präzise angegeben. Mit 20 € konnten wir schließlich unser Gepäck aus der Geiselhaft befreien.

Nun konnten wir endlich anfangen, den wohl-verdienten Urlaub zu genießen. Vom Rückflug erzähle ich Ihnen das nächste Mal.

Rückflug

Es war wieder mal ein wunderschöner Kanaren-urlaub. Tolles Klima, herrliche Natur, leckere Tapas und Fischgerichte, zauberhafte Landschaft. Wir hatten wunderbare Erlebnisse und hatten eigentlich so gar keine Lust auf den Heimflug. Aber alles Schöne geht einmal zu Ende und so packten wir unsere Klamotten am Abend vorher zusammen. Natürlich hat man auf der Insel ein paar Andenken erworben, die nun im Koffer untergebracht werden mussten. Da wir bereits auf dem Hinflug unser Gepäcklimit voll ausgeschöpft hatten, mussten wir uns was einfallen lassen. So packten wir alle Sachen, die wir entbehren konnten, auf einen Haufen und versuchten auf diese Weise Volumen und Gewicht einzusparen. Da war einiges zusam-mengekommen: drei poröse Unterhemden, vier Paar löchrige Socken, zwei durchlässige Unter-hosen, ein kurzes Hemd mit abgewetztem Kragen, eine ausgefranste Jeans, angebrochene Sonnen-schutzcreme, Zahnpasta und Zahnbürste, ein Paar zerschlissene Hausschlappen, ein ausgelesenes Taschenbuch, das war mein Sparbeitrag. Meine Frau legte eine Bluse mit Tomatenfleck dazu. Summa Summarum kamen auf diese Weise unge-fähr 800 gr zusammen. Dem standen folgende Gegenstände gegenüber: ein hölzerner Elefant, Ein

Beutel Gofio, zwei Gläschen Gewürzsalz, ein Keramikteller, drei kosmetische Cremes mit Aloe Vera Produkten und sechs kanarische Orangen, Summa Summarum 2,8 kg. Also unterm Strich waren da zwei Kilos zu viel. Im Handgepäck ließen sich noch ein paar hundert Gramm unterbringen, mehr nicht. Nachzahlung für Mehrgewicht wollten wir unbedingt vermeiden. Also mussten wir weiter abspecken. Das erste Opfer war der Holzelefant. Der brachte ungefähr ein halbes Pfund. Immerhin! Aber nicht genug. Zwei der sechs Orangen konnten wir noch inwendig verstauen, schließlich kam es auf dasselbe hinaus, ob wir sie nun gleich oder erst daheim verzehrten. Damit gewannen wir noch einmal ungefähr 250gr. „Kannst du nicht noch was hierlassen". Hörte ich meine Frau fragen und lief leicht rot an. „Hallo, das fragt gerade die Richtige! – Du hast doch nur die federleichte, schäbige Sommerbluse geopfert. Das sind doch höchstens 25 gr. " Da hatte ich aber was gesagt. Ihre sich anschließende Schimpfkanonade perlte an mir ab. Die Fakten sprachen für sich: Fast 800 gr. von mir gegen 25 gr. von ihr. Nachdem ich diese Tatsachen ohne weiteren Kommentar dreimal wiederholt hatte, wurde es still. Kurze Zeit später legte sie noch ein Probierfläschchen Parfüm und ihre Flip-Flops auf den Haufen. Insgesamt kamen also auf diese Weise knapp 100 gr. Zusammen. Das reichte natürlich längst noch nicht. Unter Tränen fügte sie dann noch ein paar Haarspangen und ein Schweißband hinzu. Dann war Ende Gelände. Wir schwiegen uns an und grübelten, jeder für sich. Da kam mir die rettende Idee. „Wir könnten doch morgen einfach noch ganz viele Klamotten übereinander ziehen. Wenn jeder von uns noch ein Kilo Kleidung an den Leib bringt, schaffen wir's locker." Ich wusste, wenn ich meiner Liebsten mit Klamotten kommen würde, wäre sie sofort dabei. „Meinst du wirklich, das klappt?" „Na klaro!" entgegnete ich und so legten wir die entsprechende Menge beiseite. Den Abend ließen wir auf dem Balkon mit einem Glas Rotwein gemütlich ausklingen.

Am nächsten Morgen brauchten wir beide etwas länger beim Ankleiden. Ich hatte drei Unterhosen, ebenso viele Unterhemden, zwei kurzärmelige und ein langärmeliges Hemd übereinander angezogen und versuchte nun, meine beiden Jeans über die Unterhosen zu zwängen. Das Problem war der Bund. Ich kriegte die Hosen nur mit größter Mühe zugeknöpft. Meiner Frau ging es ähnlich. Wir nahmen das Frühstück im Stehen ein, weil wir befürchteten, dass beim Sitzen die Knöpfe an Hemden und Hosen eventuell abgesprengt worden wären. Dann streiften wir unsere Fleecejacken über und darüber zwängten wir uns in unsere Anoraks. So ging es bei schönstem Sonnenschein unter hochsommerlichen Temperaturen zur Bushaltestelle. Sicherheitshalber verbrachten wir die Fahrt zum Flughafen im Stehen. Nach eineinhalb Stunden erreichten wir den Flughafen. Am Check-In Schalter war die übliche Schlange, aber es ging alles glatt über die Bühne. Das Gewicht der beiden Koffer passte diesmal exakt. Mit dem Handgepäck ging es dann zur Sicherheitsschleuse. Wie üblich musste ich alle Taschen leeren und die elektronischen Geräte separat in den Korb legen. Dann folgte die Durchleuchtung. Es piepte und blinkte rot über dem Scanner. „Gürtel?" fragte schroff der Mann von der Security. „No problem!" entgegnete ich voller Selbstvertrauen. Dann fiel mir ein, dass ich ja zwei Hosen übereinander trug und also auch zwei Gürtel angelegt hatte. Der Service-Mann sah mit großen Augen interessiert zu. Dann schaute er nochmal genau hin. Irgendetwas war ihm da nicht geheuer. Wieso ich zwei Hosen übereinander tragen würde, wollte er wissen. Es sei doch sommerlich warm. Ich verwies auf das völlig andere Klima in Deutschland und versuchte ihm klarzumachen, dass man diesem Temperaturschock nur entgehen konnte, indem man mit warmer Kleidung vorsorgte. Das schien ihm aber irgendwie nicht besonders einzuleuchten und er nahm meine Kleidung oberhalb des Äquators besonders kritisch in Augenschein. Mein Hinweis, dass die Vorsorge natürlich nicht nur die Hosenregion, sondern auch die Region darüber beträfe, vermochte ihm nicht einzuleuchten. Die auf

Englisch geführte Konversation trug sicherlich auch noch dazu bei, das Misstrauen nicht gerade zu minimieren, waren doch seine und meine Fremdsprachenkenntnisse nicht besonders ausgeprägt. Freundlich, aber bestimmt im Ton bat er mich auf die Seite und begleitete mich zu einer Umkleidekabine. Dort musste ich mich unter seinen strengen Blicken komplett entkleiden und anschließend erklären, wie es zu dieser seltsamen Verkleidung gekommen sei. Er gab mir darauf zu verstehen, es bestehe der Verdacht auf Textilschmuggel. Dann legte er mir nahe, ich könne einen Anwalt bestellen über das deutsche Konsulat. Mein Hinweis, er könne meine Frau fragen, die könne meine Version der Erklärung voll bestätigen, erwies sich nicht als besonders zielführend. Sie wurde nämlich sofort ebenfalls festgesetzt und musste sich der gleichen Prozedur unterziehen. Jetzt wurde es wirklich brenzlig. Die Minuten flogen nur so dahin und wie auf dem Hinflug kam der Aufruf zum Boarding wieder viel zu früh. Immerhin hatten wir inzwischen telefonisch Kontakt zum deutschen Konsulat und man sagte uns Hilfe zu. In zwei Stunden sei ein sprachkundiger Rechtsanwalt am Flughafen, um bei der Klärung des Sachverhalts zu helfen.

Damit war es sicher, dass wir unseren Flug nicht in antreten konnten. Die Koffer würden ohne uns nach

Deutschland reisen, versicherte man uns auf Nachfrage, und am Zielflughafen würde sich der deutsche Zoll darum kümmern.

Ich kürze ab: Der Rechtsanwalt kam nach vier Stunden, sprach erst mit uns, dann mit den spanischen Beamten. Die ließen uns anschließend frei und der Rechts-anwalt war so frei, uns eine Rechnung über 567,23 € auszuhändigen mit dem Hinweis, dass wir die Rechnung steuerlich als Sonderausgaben geltend machen könnten. Anschließend versuchten wir den versäumten Flug kostenneutral umzubuchen, was erwartungsgemäß misslang. Stattdessen buchten wir einen Flug, der in zwei Stunden nach Nürnberg ging, für schlappe 879,80 € pro Person. Eine Zugverbindung nach Wuppertal wäre jedoch an diesem Tag nicht mehr zu kriegen, aber es gäbe da ein nettes Hotel in Bahnhofsnähe.

So gelangten wir kleidungstechnisch ein wenig eingeengt noch in derselben Nacht schweißgebadet nach Deutschland. Gottlob war in besagtem Hotel noch ein Doppelzimmer frei. Ich glaube, jeder von uns stand in dieser Nacht mindestens eine halbe Stunde unter der Dusche, bevor wir zu Bett gingen.

Mit der 620 ging es am Ende vom Hbf Wuppertal nach Ronsdorf und ohne Koffer kamen wir zu Hause an. Demonstrativ angestrengt suchte ich nach dem Haustürschlüssel, den ich natürlich nicht finden konnte, was aber meine liebreize Gattin ja nicht wissen konnte. Ich konnte mir natürlich überhaupt nicht erklären, wo dieser dämliche Schlüssel hätte abgeblieben sein können. Meine Frau kam mir zu Hilfe. „Der ist wahrscheinlich in der ganzen Hektik am Flughafen beim Umkleidestress aus der Tasche gerutscht." Das leuchtete mir sofort ein und ich bestärkte sie in ihrem Glauben. Wie aber kommen wir jetzt in unser Haus. Das ging natürlich nur mit Hilfe eines Schlüsseldienstes. Der nette Handwerker schaute sich die Tür genau an, holte dann eine Plastikkarte hervor, steckte sie auf Höhe des Schlosses in den Türspalt, eine kurze Bewegung und die Tür sprang auf für sage und schreibe 167,34 €. Während bei meiner Frau die Kinnlade herunterklappte, stürzte ich in die Wohnung, griff unauffällig nach dem Schlüsselbund am Schlüsselbrett und ließ es in die Hosentasche gleiten.

Am Nachmittag fuhren wir dann zum Flughafen, um dort die beiden Koffer abzuholen. Diesmal aber einfach gekleidet.

Ich habe dieser Tage mal recherchiert, was uns 2 kg Übergewicht gekostet hätte. -
Ergebnis: 40.-€ !!!

im Sitzkomfort Ferienflieger

Wer in den letzten Jahren regelmäßig in den wohl-
verdienten Urlaub geflogen ist, wird es schmerzlich
bemerkt haben: Der Sitzkomfort im Flieger lässt
mehr und mehr zu wünschen übrig. Die Sitze
werden immer unbequemer, enger und die Lehnen
lassen sich häufig nicht mehr verstellen. Vor allem
jedoch hat sich der Abstand zu Vordermann oder
Vorderfrau merklich verringert. Wer vier Stunden in
Richtung Kanaren unterwegs ist, kann froh sein,
wenn er oder sie ohne signifikante gesundheitliche
Schäden am Zielort ankommt. Von nachhaltig
wirkenden psychischen Blessuren ein-mal ganz
abgesehen. Woran das liegt? Ich habe da einen
begründeten Verdacht. Beinahe unmerklich haben
die Fluggesellschaften ihre Flugzeugflotten umge-
rüstet. Zwar bleibt ein Airbus 320 nach wie vor ein
solcher, ebenso eine Boeing 737 oder was sonst
noch durch die Luft fliegt, aber die Beibehaltung
dieser Flugzeugnamen ist für mich nur ein leicht zu
durchschauendes Ablenkungsmanöver. In Wahrheit
ist aus einem A320 längst ein A298 und aus einer
Boeing 737 eine B699 geworden. Dadurch konnte
bei der Länge des Flugkörpers eine nicht unerheb-
liche Reduktion erzielt werden, bei Beibehaltung
des Passagierzahl versteht sich. Zwar wurde durch
diese Maßnahme auch eine an sich begrüßenswerte

Spritersparnis erzielt, was natürlich der Umwelt zugutekommt, jedoch leidet der Reisekomfort dafür deutlich. Und das ist noch nicht das Ende einer bedenklichen Entwicklung. Ryan Air will, wie ich aus gewöhnlich gut unterrichteten Insiderkreisen erfahren habe, einen völlig anderen, ja geradezu revolutionären Weg einschlagen und plant derzeit in der Economy Class Sitze durch Fahrradsättel zu ersetzen. So kann im Flieger ein harmonisches Pelotongefühl erzeugt werden, wie man es von der Tour de France her kennt. Der psycho-logische Effekt ist dabei nicht zu unterschätzen: Da die Passagiere nun alle näher zusammenrücken, entwickelt sich fast automatisch eine Art Gemeinschaftsgefühl, welches das gemein-same Flugleid viel leichter ertragen lässt. Der Passagier hat als Standardangebot einen sportlicheren Herrensattel (schmal und hart), während der Passagierin der deutlich bequemere Damensattel (breiter und weich gepolstert) angeboten wird. Und dann gibt es als dritte Möglichkeit noch einen Neutralsattel (halb-breit und etwa mittelhart) für die Unentschiedenen (meist Senior*innen in fortgeschrittenem Alter). Durch diese Auswahlmöglichkeiten bekommt der Fluggast und die Fluggästin den Eindruck ver-mittelt, dass auf ihre individuellen Wünsche sehr präzise eingegangen wird. Bestenfalls entwickelt sich während des Flugs auch eine Art von Teamgeist mit mehr oder weniger erwünschten Folgen. Eine

Boeing 737 Max (also B699) kann mit diesem Konzept 412 Passagiere aufnehmen. Um einen Gewichtausgleich herzustellen, wird das Koffergewicht natürlich leicht korrigiert werden müssen. Künftig darf ein Koffer nicht mehr als 12,5 kg wiegen, das Gewicht des Handgepäcks ist mit 2,5kg ausgereizt. Immerhin kann man ein Mehrgewicht durch zusätzliche Gebühren erhöhen. So werden je 5kg Mehrgewicht mit nur 85.-€ angesetzt.

Doch das Konzept von Ryan Air scheint noch nicht ganz ausgereift zu sein. Es gibt da noch ein Problem, nämlich den Gang zur Bordtoilette. Vielleicht geht das mithilfe einer Taktik, die man aus dem Radsport kennt, nämlich dem „Belgischen Kreisel". Wer das nicht kennt, dem sei das hier schnell erklärt: Um Kräfte zu sparen, wechseln sich die Fahrer an der Spitze des Feldes regelmäßig ab. So muss jeder mal im Wind stehen und jeder kann sich mal zurückfallen lassen und mal im Windschatten fahren. Das spart Kräfte und ist überdies auch noch sportlich sehr fair. Übertragen auf die Situation im Flieger, könnte das bedeuten, dass alle 10 Minuten die Passagiere in Richtung des Mittelgangs um einen Platz vorrücken. So bekommt jeder mal die Gelegenheit, den Gang zur Toilette anzutreten und andererseits kommt auch jeder mal in den Genuss eines Fensterplatzes. Außerdem vergeht die Zeit gefühlt wie im Fluge. In fernerer Zukunft ist geplant, einige Sattelplätze mit einem Pedalsystem zu kombinieren, das wiederum mit einem Stromgenerator verbunden ist. Das hat nicht nur den Vorteil, dass auf diese Weise ein Teil der Energie zurückgewonnen werden kann, sondern darüber hinaus kann der sportliche Fluggast, die Fluggästin bereits an Bord den Aktivurlaub beginnen lassen.

Man sieht an diesem Beispiel: Da ist in Bezug auf die Entwicklung im Flugbetrieb noch ziemlich viel Luft nach oben.

Nichts ist schöner als Fliegen

Eine Reise mit dem Flugzeug ist im Angesicht der Klimakrise heutzutage nicht mehr völlig unproblematisch. Zugegeben, das hat mich bis jetzt noch nicht daran hindern können, mit dem Flugzeug zu verreisen. Ich bin, auch das muss ich bekennen, ein bequemer Mensch und deshalb benutze ich den Flieger. Um nach Teneriffa zu gelangen, könnte ich natürlich auch mit einem Kreuzfahrtschiff reisen, aber das scheint mir ehrlich gesagt auch nicht umweltfreundlicher. Mit Auto nach Spanien fahren, um dann mit einer Fähre den Rest der Strecke zu bewältigen, scheint mit angesichts der Reisedauer und des Schadstoffausstoßes auch nicht geheuer zu sein, von den hohen Unkosten mal abgesehen. Von Vorteil wäre natürlich, dass ich mir dann auf der Insel keinen Mietwagen für teures Geld mieten müsste. Mit dem umweltfreundlichen Segelboot ab Cuxhaven zu reisen, käme auf keinen Fall in Betracht, weil ich erstens gar keins besitze und mir darüber hinaus auch noch eine dafür erforderliche Segellizenz fehlt, mal ganz abgesehen von der wenig attraktiven Reisedauer. Nun ginge das über Land natürlich auch mit Fahrrad nebst Zelt über die Pyrenäen bis nach Gibraltar, von dort mit der Fähre nach Marokko und schließlich mit den Fähren nach Fuerteventura, dann nach Gran Canaria und mit der letzten Fähre schlussendlich nach Teneriffa. Das einzige Problem für mich bestünde jedoch darin, dass mein Urlaub bereits mit Überschreiten der Pyrenäen voll ausgeschöpft sein würde und ich somit gezwungen wäre, mit dem Zug nach Hause zu fahren, bevor ich das eigentliche Reiseziel hätte erreichen können Das wäre natürlich erst recht der Fall, wenn ich das ganze Projekt zu Fuß durchführen wollte, nur mit dem Unterschied, dass die Zeit schon vor Paris abgelaufen wäre. Man kann es drehen und wenden, wie man will, zum Flugzeug als Transportmittel gibt es für einen Touristen wie mich einfach gar keine Alternative.

Wer jetzt aber meint, das Reisen mit Flugzeug sei bequem und komfortabel, sitzt einem gehörigen Irrtum auf. Fliegen ist auch anstrengend und will gelernt sein. Eine gewisse körperliche Fitness ist unbedingt erforderlich, darüber hinaus aber auch motorische Geschicklichkeit, ein gefestigter Charakter, sowie Geduld und Stressbereitschaft wie auch Nervenstärke.

Meist beginnt es ganz harmlos mit der Suche nach einem günstigen Flug. Die Zeiten der Ganzbilligflüge sind wohl endgültig vorbei. Die Suche im Internet auf verschiedenen Plattformen gestaltet sich bisweilen recht ernüchternd und ist zeitintensiv. Vermeintliche Sonderangebote entpuppen sich oft wenige Sekunden vor dem entscheidenden Click als Kostenfalle, weil das Gepäck nicht Teil des Angebots war. Oder weil mit noch zwei Zwischenstopps in Zürich und Madrid sich die

Reisedauer auf schlappe 14 Stunden erstreckt. Hat man nun endlich einen Treffer gelandet, mit gutem Preis und Nonstopflug inklusive Gepäck, fühlt man sich für gewöhnlich auf der sicheren Seite. Man sollte sich aber nicht unbedingt darauf verlassen. Eine Fluggesellschaft kann nämlich ohne Weiteres die Flugdaten verändern. Wer einen Flug für 9:30 ab Köln gebucht hatte, muss darauf gefasst sein, dass dies noch nicht das letzte Wort ist. Eine E-Mail vier Wochen vorher kann schonmal den Flug auf 13:10 verlegen und eine Woche später den Flug auf 6:30 des Folgetags, um zwei Tage vorher den ganzen Flug zu canceln. Natürlich werden die Flugkosten rückerstattet, aber der günstige Flug ist natürlich hin. Jetzt hat man dummerweise aber noch eine Hotelbuchung laufen, die man so kurzfristig ohne derbe materielle Verluste nicht stornieren kann. Also sucht man sich einen neuen Flug für den alten Termin und muss feststellen, dass der nur für den doppelten Preis wie ursprünglich zu bekommen ist. Nach diesem Biss in den sauren Apfel startet man am vorgesehenen Tag zum Flughafen, wo man mit einer üppig kalkulierten Zeitreserve eintrifft. Natürlich ist der Online-Check-In am Vortag bereits erfolgt, sodass nur noch das Gepäck aufgegeben und der Boarding-Pass am Schalter abgeholt werden muss. Da noch ein paar andere Leute mitfliegen wollen, muss man sich hinten in der Schlange anstellen. Das geht zügig voran und nach 40 Minuten ist alles erledigt. Jetzt geht es weiter zur Sicherheitskontrolle. Auch dort hat sich eine

Schlange gebildet. Die ist etwas unübersichtlich, weil sie sich zwischen Absperrbändern hin und her schlängelt und sich bald, das heißt nach etwa 20 Minuten, zeigt, dass man kaum vorankommt, weil weiter vorne ein Stau die Menge aufhält. Nach weiteren 20 Minuten erkennt man die Ursache schließlich und nun steigt beim Blick auf die Uhr der Blutdruck und es ballt sich die Milz. Es stellt sich nämlich heraus, dass von den acht Transportbändern mit Röntgentunnel nur ein einziger mit Personal bestückt ist. Die anderen sieben Bänder sind wegen eines notorischen Personalmangels nicht in Betrieb. Inzwischen ist eine volle Stunde ins Land, will sagen durch den Flughafen gezogen und die Nerven liegen blank. „Können Sie mich bitte vorlassen, mein Flug wurde soeben zum Boarding aufgerufen", ist nicht nur einmal zu hören. Der Flughafenbetreiber hat in kluger Voraussicht darauf verzichtet, im Kontrollraum Uhren aufzuhängen, wahrscheinlich eine Maßnahme gegen das Aufkommen von Panikattacken bei Fluggäst*-innen. Endlich ist man vorne angekommen und packt seinen Krempel in dafür bereit gehaltene Plastik-schalen. Der Uhrzeiger läuft unterdessen unbarmherzig und gefühlt immer schneller weiter. Das Nervenkostüm hat gelitten und das führt dazu, dass man sein Tablett nicht aus dem Rucksack ausgepackt in eine Extraschale für elektronische Geräte gelegt hat. Zwar besteht man die Überprüfung der Person unbeschadet, jedoch wird der Rucksack zur Sonderkontrolle noch mal auf ein

Abstellgleis geleitet und man wird, während man sich den Hosengürtel müh-sam wieder durch die Schlaufen friemelt, einer peinlichen Befragung unterzogen. Jetzt wird der Rucksack komplett auf links gedreht und sogar die 12 Bücher alle einzeln ausgeschüttelt, weil der Sicherheitsmensch wahrscheinlich nach verborgenen Tausenddollarscheinen sucht oder nach was weiß ich. Das alles dauert seine Zeit und wenn man Glück hat, erreicht man schon vor dem Ausruf über Lautsprecher gerade noch seinen Flieger. Natürlich war keine Zeit mehr, vorher nochmal auf die Toilette zu gehen, was aber dringend nötig gewesen wäre. Nun heißt es warten, warten, warten. Bis die letzten Passagiere ihre Plätze eingenommen haben, vergeht eine weitere Viertelstunde. Endlich wird die Tür mit einem eleganten „Klack" geschlossen und wenig später hört sich die Stimme des Piloten so an: „Willkommen an Bord unserer A321 auf dem Weg nach Teneriffa. Ich bin heute Ihr Pilot. Mein Name ist Horst-Peter Klemper. Leider verzögert sich unser Start noch ein wenig. Bleiben Sie bitte angeschnallt auf Ihren Plätzen. Die Toiletten können erst nach dem Start aufgesucht werden, sobald wir die Reisehöhe erreicht haben werden. Ich wünsche Ihnen einen angenehmen Aufenthalt an Bord." Dieses „ein wenig" zieht sich nicht nur ein wenig hin, aber nach 25 Minuten setzt sich der Vogel dann doch in Bewegung, unterdessen sich meine Blase kaum noch unter Kontrolle halten lässt. Ich überlege mir schon Strategien, wie ich mich unauffällig erleichtern kann, und krame im Handgepäck nach der leeren Wasserflasche, die ich vergessen hatte zu entsorgen. Dann endlich hebt der Vogel ab und nach ca. 10 Minuten signalisiert ein dezentes „Pling" und ein leuchtend grünes Männchen nebst Frauchen, dass nun auch das Bord-WC freigegeben wurde. Während ich versuche, meinen Gurt zu lösen, hat sich vor der Bordtoilette bereits eine, na was wohl, Warteschlange gebildet, sodass ich unter größter Anspannung schmerzgebeutelt und mit zusammengekniffenen Knien der Dinge harre, die da kommen. Es dauert gefühlt eine wietere halbe Stunde, bis die Warteschlange abgearbeitet ist und plötzlich die Durchsage erklingt, man möge bitte umgehend den Sitzplatz wieder ein-nehmen, da in Kürze Luftturbulenzen zu erwarten seien. Ich überrede die freundliche Stewardess, mir den Zugang zum WC noch zu ermöglichen, da sonst mein Sitzplatz mit Sicherheit zeitnah seinen Trockenheitsstatus verlöre und das außerdem geruchstechnisch von der Luftumwälzpumpe in den vorderen Reihen nicht zu bewältigen sei. Ich versicherte ihr, dass ich mich beeilen werde, was in meiner Lage zu betonen vollkommen überflüssig schien. Nach verrichtetem Geschäft und Vollzug der Handhygiene machte ich mich auf den Rückweg zum Sitzplatz. Unterdessen hatten bereits die angekündigten Turbulenzen begonnen. Die größte Wegstrecke legte ich unter den strafenden Blicken der Mitreisenden auf zwei Beinen zurück, die letzten drei Meter jedoch auf allen Vieren. In jeder

Hinsicht erleichtert ließ ich mich auf meinen Sitz am Gang nieder und schnallte mich umgehend an. Die Turbulenzen hielten eine ganze Weile an und bald breitete sich ein leicht säuerlicher Geruch in der Kabine aus. Irgendwo ein paar Reihen hinter mir waren wohl mehrere Mitfliegende offensichtlich mit ihrer Übelkeit nicht mehr trocken - und hatten die Papiertüten aus der Rückenlehnentasche ihres Vordermanns bzw. der Vorderfrau in Gebrauch genommen. Der durch das erste Opfer verursachte Geruch hatte weitere Mitreisende animiert, es ihm gleichzutun und so breitete sich eine Welle aktiver Betroffenheit konzentrisch um die Erstbetroffene aus, was dem allgemeinen Bord- und Stimmungsklima durchaus ein wenig abträglich war.

Allmählich hatte sich die Wetterlage wieder beruhigt und so konnte der Getränkeservice wieder aufgenommen werden. Ich ließ mir vorsichtshalber ein Glas Wasser reichen, weil die Flurschäden im Falle einer weiteren Turbulenz sich sicherlich eher in Grenzen halten lassen würde, als wenn ich mir einen Becher mit Rotwein gegönnt hätte.

Der Rest des Fluges ist schnell erzählt: Die letzten drei Stunden vergingen wie im Flug und bis auf zwei über die Hose verschüttete Wasserbecher kam es zu keinen weiteren Zwischenfällen.

Der Rückflug gestaltete sich bedeutend unkomplizierter, wenn man mal davon absieht, dass wir in Düsseldorf anstatt wie eigentlich vorgesehen in Köln landen würden Die meisten Passagiere schienen bestens erholt und entsprechend gelassen zu sein. Jedenfalls bis zum Erreichen des Terminals. Nach gelungener Landung überstanden wir das übliche Aussteigechaos mit Kopfnüssen und Ellenbogenknuffen einigermaßen unverletzt und begaben uns zum Gepäckband. Die Toiletten waren wie üblich stark frequentiert und das Warten auf die Koffer dauerte wie immer viel zu lang, war am Ende aber von Erfolg gekrönt. Nur der Hexenschuss, den ich mir beim Kofferheben vom Band zugezogen hatte, war etwas lästig. Wir schleppten uns und das Gepäck zum Ausgang, wo ein Familienmitglied auf uns warten sollte, um den Transfer nach Hause zu tätigen. Es war alles gut organisiert worden, schon vor der Hinreise. Nach einer halben Stunde des Wartens am Ausgang entschlossen wir uns, doch mal per Whats-App vorsichtig darauf hinzuweisen, dass wir vor einer guten Stunde bereits wieder festen Boden unter den Füßen hatten und zwar Düsseldorfer Boden. Die Antwort kam prompt: „Da sind wir ja froh, dass ihr gut angekommen seid. Wir dachten schon, dass irgendwas dazwischengekommen ist, weil der Flieger ja schon vor einer Stunde hier hätte gelandet sein sollen. Wir beeilen uns. Die Strecke vom Flughafen Köln bis zum Flughafen Düsseldorf sollte in einer Stunde zu schaffen sein. Bis gleich."

Wenn einer eine Reise tut …

Seit ich vor drei Jahren in den Ruhestand gegangen bin, hat sich mein Leben stark verändert. Ich habe meinen Beruf gern ausgeübt, vermisse ihn jetzt aber trotz-dem nicht wirklich. Denn jetzt habe ich endlich Zeit, ganz viel Zeit für mich und meine ganz persönlichen Neigungen. Dachte ich! Aber das trifft nur teilweise zu, denn es gibt ja noch die liebe Familie. Die Kinder sind alle aus dem Haus, dafür gibt es nun Enkelkinder. Das genieße ich sehr, aber sie wohnen so weit weg, dass man nicht mal kurzent-schlossen zu Besuch kommen kann. Nein, man braucht für die gewünschte Audienz eine Einladung, etwa dann, wenn die jungen Eltern gerade mal keinen Babysitter auftreiben konnten. Dann muss man einspringen. Das ist nicht schlimm für mich, im Gegenteil, ich freue mich darauf. Denn ich kann so Anteil nehmen am Leben der jungen Familie. Alte Erinnerungen werden wach an das selbst durchlebte Chaos, an Erziehungs- und Er-nährungsfehler der anderen, für die man nun selbst nicht mehr verantwortlich ist. Das hat etwas Ent-lastendes. Man darf nur eines nicht tun: darüber diskutieren. Bloß nicht! Das verdirbt die positive Grundstimmung und führt gegebenenfalls zu früh-zeitiger Abreise und zumeist anschließender, mo-natelanger Funkstille.

Ich genieße es, aber das sagte ich ja schon. In diesen Tagen war es wieder so weit, Sommerferien standen an. Das ist für Familien, in denen beide Elternteile berufs-tätig sind, eine Zeit der Krise. Der Kinderbe-treuungsversorgungskrise. Drei Wochen gemein-sam mit den Kindern auf der Ostsee segeln ist schön und – wenn's gut läuft – auch erholsam. Aber dann ist sie unausweichlich gegeben, die erbarmungs-lose wie vorhersehbare Kinderbetreuungs-Versor-gungslücke. Der Kindergarten macht Pause und die angeblich verlässliche Ganztagsschule ist in den Sommerferien ganz und gar nicht verlässlich. Dann ist meine Zeit gekommen, Opa ante Portas!

Ich wollte diesmal das Auto zu Hause stehen lassen und mit der Bahn reisen. Nicht nur aus Gründen des Umweltschutzes, sondern vor allem auch, weil ich der ewigen Baustellen überdrüssig bin und der sich daraus ergebenden endlosen Staus ebenso. Mit der Bahn sollte es bequemer, komfortabler und keines-wegs zeitaufwendiger gelingen, hatte ich vermutet. Ich könnte schon auf der Fahrt ein Buch lesen, tele-fonieren, ein Spiel auf dem Tablet spielen oder mich in den sozialen Medien herumtreiben und/oder in Ruhe ganz entspannt die vorbeirauschenden herr-lichen Landschaften genießen von meinem reser-vierten Fensterplatz in Fahrtrichtung aus. Soweit die Theorie!

Die Reise sollte vom Bergischen Land ausgehen und im Alten Land vor den Toren Hamburgs enden. Mit dem Bärenticket ausgestattet schaffte ich es bequem und pünktlich bis nach Dortmund, wo der Fernschnellzug nach Hamburg auf mich warten sollte. Es war aber genau umgekehrt, nicht er wartete auf mich, sondern ich auf ihn. Als alter und erfahrener Bahnhase war ich, wie ich dachte, natürlich gut vorbereitet. Also hatte ich mich auf dem Bahnsteig bereits gründlich mit dem dort leicht zugänglichen Wagenstandanzeiger auseinandergesetzt. Mein reservierter Platz mit der Nummer 41 sollte sich im Wagen mit der Nummer 14 direkt hinter der Lok in Fahrtrichtung befinden. Erste Klasse. In Habachthaltung am Gleisabschnitt A nahm ich erwartungsfroh Aufstellung samt unendlich groß erscheinendem und schwerem Koffer, der Fototasche und einer weiteren Umhängetasche. Dann wurde unmittelbar vor dem Einlaufen des Zuges eine Durchsage per Lautsprecher in blechernem Klang getätigt: „Achtung, Achtung! Der verspätete IC nach Hamburg hat Einfahrt, bitte zurücktreten von der Bahnsteigkante!" Der Informationsgehalt dieser Meldung war bis zu diesem Zeitpunkt nicht wirklich überraschend. Aber dann fuhr die Sprecherin fort: „Bitte beachten Sie, dass ausnahmsweise heute der Wagen 14 aus technischen Gründen nicht zur Verfügung steht. Fahrgäste mit entsprechenden Reservierungen bitte in

Wagen 12 einsteigen!" Mir persönlich ist es ja egal, ob ich in Wagen 14 oder in Wagen 12 nach Hamburg transportiert werde. Hauptsache im Sitzen und wenn es geht am Fenster in Fahrtrichtung. Eigentlich alles halb so schlimm, dachte ich bis zu diesem Zeitpunkt noch. Das erste Problem ergab sich nach Einfahrt des Zuges jedoch schon vor dem Ein-steigen. Laut Wagenstandanzeiger hätte Wagen 12 nämlich am Abschnitt B zum Stehen kommen sollen. Also schnell, während der Zug noch nicht vollständig zum Stehen gekommen war, samt Gepäck in Richtung B gesprintet. Dort hielt aber Wagen 8, also wieder in Richtung Lok umgedreht und erneut eine veritable Sprinteinlage samt schwe- rem und unhandlichem Gepäck. Wie gut, dass mein schwerer Koffer noch funktionierende Rollen hat, dachte ich. Direkt hinter der Lok dann die nächste Überraschung: Wagen 5 stand da. Mittlerweile war auf dem ganzen Bahnsteig ein heilloses Durchein- ander, weil es vielen anderen Fahrgästen ähnlich erging wie mir: die einen rannten nach vorne, wo sie mit denen, die nun nach hinten wollten, zusam- mentrafen, und das kann man durchaus im Einzel- fall auch mal ganz wörtlich verstehen. Der Zug- begleiter stand mit der roten Kelle bereits in Position und seine angespannte Miene enthielt die unausgesprochene Aufforderung: „Beeilung bitte, wir haben bereits Verspätung!" Jetzt war mir alles egal. Rein in Wagen 5 und dann eben innen durchkämpfen bis 12. Ist nicht schön, aber Meckern hilft ja keinem. Die anderen Zugestiegenen mögen ähnlich gedacht haben und so mancher hatte da bereits auch schon einen blauen Fleck oder eine Schramme mit an Bord. Der Pfiff er-tönte, der Zug setzte sich in Bewegung und ich auch. Nun erst betrachtete ich meine Umgebung genauer: Wagen 5 war nicht, wie versprochen, ein geräumig ausge-legter Großraumwagen, sondern den Charme der frühen achtziger Jahre aus dem letzten Jahrtausend versprühender Abteilwagen mit besonders engem Durchgang ohne Notsitze zum Runterklappen. Na ja, macht nix, ich wollte ja erstmal wandern und nicht sitzen. Also trat ich den Weg nach hinten an. Das funktionierte zuerst auch relativ zügig bis Wagen 7. Unterwegs traf, oder besser, stieß ich auf eine erstaunliche Gelassenheit ausstrahlende, freundliche Zugbegleiterin, die ich sogleich an-sprach und fragte, ob ich mich auf dem richtigen Weg nach Wagen 12 befände. Das war natürlich eine vollkommen überflüssige Frage, aber mir fiel in diesem Moment keine bessere ein. Immerhin blieb sie gefasst und sogar freundlich, obschon ich bis dahin bestimmt nicht der erste war, der sie wegen dieses Chaos angesprochen hatte. „Die Reihenfolge ist heute genau umgekehrt wie üblich, weil der Zug im Startbahnhof aus zeitlichen Grün-den nicht mehr umgespannt werden konnte." Er war also dort auch schon mit Verspätung angekommen und so blieb keine Zeit mehr, die Reingungskräfte wie sonst üblich auf einem Abstellgleis ihre Arbeit tun zu lassen. Das passiert häufiger, wie ich später erfuhr. Nun ja, man soll sich ja nur über solche Dinge ärgern, die man selbst ändern kann, dachte ich, und an diesem Problem konnte ich ja nun wirklich rein gar nichts ändern. Also setzte ich meinen Weg beharrlich fort. „Entschuldigen Sie, dürfte ich mal vorbei?" Strafende Blicke, in denen die Frage geschrieben schien: „Was musst du denn auch im falschen Wagen zusteigen, du Olm?" Ich sparte mir umständliche, weil sinnlose Erklärungen, blieb freundlich und setzte den mühsamen Weg geduldig fort, alle eingebildet oder echt böse Blicke ignorierend. Inzwischen kam die Zugwanderung nach hinten immer mehr ins Stocken. Das lag daran, dass uns andere Fahrgäste begegneten, deren Ziel im vorderen Zugteil lag. Das schaffte menschliche Nähe und Begegnung in der Mitte des Zuges. Schließlich war Schluss in Wagen 8. Es ging gar nichts mehr, weder vor noch zurück. Da kam ein mitreisendes älteres Ehepaar auf die naheliegende Idee, doch einfach bis zum nächsten Haltepunkt zu warten und dann sozusagen außenherum einen erneuten Vorstoß zu wagen. Inzwischen waren es nur noch 20 Minuten bis Münster. Stehen erster Klasse, auch mal was Neues. Unter den Mitreisenden war erstaunlicherweise eine beinahe fröhliche Gelassenheit zu spüren. In dieser räumlichen

Enge kam man sich buchstäblich auch menschlich näher. So erfuhr ich von australischen Studenten, was sie in Hamburg vorhatten, bekam die Urlaubspläne eines rheinischen Rentnerehepaars erläutert, wurde Zeuge von Krankheitsverläufen und vor allem von Berichten über vielfältige Erlebnisse mit der Deutschen Bahn in vergangenen Tagen, Monaten und Jahren. Zwischendurch mal ein Seufzer: „Jetzt ist gerade mein Anschluss weg!" Richtig brenzlig wurde es nur einmal, als jemand den hoffnungslosen Versuch zu unternehmen sich anschickte, sich zeitnah Zugang zur Bordtoilette zu bahnen, mit der entschuldigenden Bemerkung auf den Lippen: „Ich bin schon seit Duisburg unterwegs!"

Dann kam Bewegung in die Sache, und zwar mit der Zugdurchsage: „Wir erreichen in wenigen Minuten Münster Hauptbahnhof." Der tatsächlich ausgesprochene Satz: „Alle Anschlüsse sind erreichbar", verbunden mit Hinweisen zu Gleisen und Abfahrtszeiten erwies sich schon Sekunden später als obsolet. Der Zug wollte im Hauptbahnhof einrollen, durfte jedoch nicht, weil ihn ein entsprechendes Signal mit der Warnfarbe Rot den Zugang verwehrte. Die Bewegung im Zug jedoch hielt an, denn nun versuchten Fahrgäste mit dem Reiseziel Münster sich in die Nähe der Ausgänge durchzukämpfen. Sie hatten die besseren Argumente als diejenigen wie ich, die nur den Wagen 12 über den Bahnsteig erreichen wollten, also musste ich sie irgendwie vorbeilassen. Das machte ich arbeitsteilig, indem ich die Person zuerst ohne Gepäck über mich hinwegsteigen ließ, um dann das Gepäckstück nachzureichen. Ein dankbarer Blick war der Lohn. Nach ca. 10 Minuten setzte sich der Zug wieder in Bewegung und erreichte den Hauptbahnhof.

Dann wurde es erneut spannend: Würde es jedem Münsteraner tatsächlich gelingen, den Zug rechtzeitig vor der Weiterfahrt zu verlassen oder musste er sich auf eine ungewollte Schwarzfahrt bis mindestens Osnabrück einzustellen haben? Und natürlich fragte ich mich auch selbst, ob genügend Zeit verblieb, den Wagen zu wechseln? Als alle Fahrgäste mit Ziel Münster ausgestiegen zu sein schienen, machte sich direkt vor mir ein Rentner-ehepaar auf den Weg nach Wagen 12, stürmte aber vor Aufregung wieder in die falsche Richtung, also nach vorne, Richtung Wagen 5. Nun, als es eigentlich an mir war, den Ausstieg zu wagen, erblickte ich den Zugbegleiter auf dem Bahnsteig bereits wieder mit dem vertrauten Blick und der Kelle in der Hand. Das war unmissverständlich das Signal, raus geht, aber rein keinesfalls. Ich hatte verstanden und verschob mein Vorhaben auf Osnabrück. Nun hatte ich erneut eine gute halbe Stunde Zeit zum Nachdenken, diesmal in neuer nachbarschaftlicher Umgebung. Es war ganz wider Erwarten Personen gelungen, in Münster zuzusteigen und sie versuchten, wie schon viele Fahrgäste zuvor, das Ziel zu den reservierten Plätzen anzusteuern, was ihnen natürlich genauso wenig gelang wie zuvor den anderen. Wir überzeugten uns im Laufe der Zeit gegenseitig davon, dass wir doch sinnvollerweise unsere Zielvorstellungen vielleicht besser der Realität anpassen sollten, anstatt Energie darauf zu verwenden, einen abstrakten Sitzplatz zu ergattern, auf dem mit hoher Wahrscheinlichkeit bereits ein anderer Fahrgast in ähnlicher Not Platz genommen hat. Man nennt das glaube ich Pragmatismus. So konzentrierten wir uns auf unsere Steherqualitäten und standen die Fahrt durch bis Osnabrück. Inzwischen hatte sich die Verspätung von 23 Minuten wieder auf 15 Minuten verbessert, so dass der eine oder andere Passagier noch seinen Anschluss hätte erwischen können. In Osnabrück wiederholte sich das Drama dann erneut, jedoch gelangen mir diesmal Ausstieg und Wiedereinstieg erfolgreich. Ich wusste nun jedoch nicht, ob auch hier meine Reservierung mit Platz 41 noch irgendeine erfolgversprechende Bedeutung haben sollte. Ein Versuch war es allemal wert. Und tatsächlich, ich fand einen freien Sitzplatz in einem Abteil erster Klasse, nur war es nicht die Nummer 41, was mir aber bis Bremen völlig gleichgültig war.

Vom langen Stehen ermüdet, gönnte ich mir nach dem Verzehr meines mitgebrachten Reiseproviants ein Schläfchen. Dieses wurde dann jedoch jäh unterbrochen, als ein in Bremen zugestiegener Fahrgast vehement darauf bestand, den, wie er meinte, für ihn ganz persönlich reservierten Sitzplatz nunmehr in Besitz nehmen zu wollen. Ich hatte zwar die bis dahin besseren Argumente, jedoch hatte er das passendere Reisedokument, sodass ich meinen Platz räumte. Der Klügere gibt schließlich nach und für eine Rauferei war ich viel zu müde. Außerdem würde ich die restliche Strecke bis HH Harburg sicher auch noch irgendwie durchstehen, war ich überzeugt.

In Harburg stieg ich aus und natürlich hatte ich den Anschlusszug verpasst. Also bei der Auskunft nachgefragt, ob, wann und ggf. ab welchem Gleis der Zug Richtung Stade abfahren sollte. „Wenn Sie sich beeilen, kriegen Sie den nächsten Zug in 6 Minuten Gleis 2." Na, das flutscht ja richtig gut, auf die DB ist doch noch Verlass. Aber warum war es auf Bahnsteig 2 so menschenleer? Keine Menschenseele! Auf der Anzeigentafel kein Hinweis auf eine Bahn nach Stade, stattdessen sollte ein IC in 29 Minuten nach Nürnberg von diesem Gleis aus starten. Ich irrlichtete ungefähr noch 10 Minuten auf dem Bahnsteig umher, bevor ich eine Treppe entdeckte und darüber ein Symbol für die S-Bahn.

Aha, dachte ich, das könnte ein vielversprechender Ansatz werden. Und siehe da, es gab dort unten natürlich einen S-Bahnhof und sogar auch einen weiteren Gleis 2. Vielleicht hätte ich die Dame an der Auskunft doch ausreden lassen sollen, bevor ich überhastet in Richtung Gleis 2 losgestürmt bin. Andererseits, eine bessere Ausschilderung wäre jetzt auch nicht schädlich gewesen.

So kam ich dann doch noch, nur eine Stunde verspätet, in Buxtehude an. Und wir hatten sofort ein abendfüllendes Thema.

Ich habe inzwischen gelernt: Reisen verbindet nicht nur Orte, sondern auch Menschen miteinander. Und die Deutsche Bahn sorgt in der ihr ganz eigenen und besonderen Weise dafür. Es ist schon so, wie die Redensart es sagt: „Wenn einer eine Reise tut, so kann er was erleben."

Auf ein Neues :
Die neusten Er-Fahrungen mit der DB

Nach meinem ersten DB- Abenteuer im Sommer war es nun im November an der Zeit, dem Unternehmen DB eine neue Chance zu geben. Diesmal sollte die Fahrt nach Berlin gehen, um dort einen alten Freund zu besuchen.

Ich hatte mich entschlossen, früh zu buchen, damit ich eine günstige Verbindung, wieder in der ersten Klasse, ergattern konnte. Dieses Vorhaben gelang reibungslos und so gelangte ich zu einem überaus preiswerten Ticket, wie sich noch herausstellen sollte. Ich wollte zu einer verträglichen Zeit am Vormittag starten, damit man auch bereits den Anreisetag in dieser schönen Stadt vollumfänglich genießen kann. Die geplante Abfahrtszeit war um 9:16 ab Gleis 2 direkt hinter dem repräsentativen Bahnhofsgebäude, so heißt die etwas in die Jahre gekommene, seit 2 Jahren jedoch unbenutzbare und einer Ruine nicht unähnliche Einrichtung der DB in Wuppertal. Das Gebäude stammt aus dem Jahr 1851 und gehört damit zu den ältesten noch stehenden (intakt wäre jetzt recht übertrieben) Bahnhofsgroßbauten in Deutschland. Natürlich ist es entsprechend denkmalgeschützt und soll in etwa einem Jahr vollständig jedoch auf Sparflamme ohne Rundbogenfenster im Erdgeschoss, wie es zur Zeit des ursprünglichen Baus gestaltet war, saniert sein. Bis dahin ist es aber unbenutzbar. Kein Kiosk für Reiselektüre, keine Imbissmöglichkeit, kein Laden irgendeiner Art. Dafür ein grauer Bürocontainer neben dem Bahnhofsgebäude für Fahrkartenerwerb und Auskunft. Den vollen Bahnservice gibt es nur in der Station Oberbarmen, mit Kiosk, Ticket- und Auskunftservice, Café und Fastfood-Filiale. Auch die Verkehrsanbindungen an die Züge und Verkehrsmittel des ÖPNV sind dort optimal gegeben. Diese Station liegt exakt auf der Fern-schnellzug-Trasse und hätte ohne großen Aufwand für die Zeit der Großbaustelle im Bereich des Hbf Wuppertal umgewidmet werden können. Alle Bemühungen der Stadt scheiterten an der Sturheit der Bahnbehörde. *(Inzwischen ist die Sanierung des Wuppertaler Hauptbahnhofs übrigens abgeschlossen. Ob sie gelungen ist, da scheiden sich die Geister.)*

Aber das wollte ich eigentlich hier gar nicht erzählen. Es geht ja um die Fahrt nach Berlin. Im Sommer hatte ich bei meiner ersten Fahrt den auf dem Ticket vermerkten Wagen mit der Nr. 14 vermisst, so dass ich statt eines gebuchten Sitzplatzes weitgehend erstklassig stehend ans Fahrtziel gelangt war. Nun kam eine Steigerung des damals beschriebenen Sachverhaltes ins Spiel, es fehlte nämlich nicht nur ein Wagon, sondern gleich der ganze Zug. Damit war natürlich auch meine Platzreservierung zum Teufel. Die Gleisdurchsage verhieß mir eine neue Verbindung nach Berlin mit dem

Anschlusszug eine Stunde später. Wie gut, dass ich keinen festen Termin in Berlin hatte, sondern nur zum nunmehr um eine Stunde verkürzten Vergnügen in der Hauptstadt verweilen wollte. Da es in der Bahnhofsruine derzeit keine Aufenthaltsgelegenheit gibt, und die Innenstadt mit schwerem Gepäck nicht umstandslos erreichbar war, blieb nichts anderes übrig, als auf dem zugigen Bahnsteig auszuharren, bis der Nachfolgezug einlief. Immerhin lernte ich dort einen netten Herrn mit gleichem Bahnschicksal kennen und wir tauschten uns nicht nur über unsere Erfahrungen mit der Bahn aus, sondern entdeckten im weiteren Gesprächsverlauf noch andere Gemeinsamkeiten: Beide sind wir im Ruhestand, hatten beruflich ein sehr ähnliches Betätigungsfeld und kannten dadurch dieselben Leute. Als wir beinahe mit den Auslassungen über die gegenwärtige politische Lage im Land und insgesamt auf der Welt fertig waren, ereilte uns jäh der Anschlusszug. Wir wünschten uns gegenseitig eine gute Fahrt und verabschiedeten uns in verschiedene Richtungen, er in die zweite, ich in die erste Klasse, Beide aber in Richtung Berlin.

Das Abenteuer könnte nun endlich beginnen! Da wir nun nicht die einzigen Gestrandeten waren, die zusätzlich einen Sitzplatz anstrebten, gab es eine klassische Konkurrenzsituation. Wer zuerst kommt, mahlt (in diesem Fall „sitzt") bekanntlich zuerst und den Letzten beißen erfahrungsgemäß die Hunde. Wie im richtigen Leben! Als die Tür dann aufging, empfing alle Neueinsteiger zunächst ein vertrauter, wenngleich nicht erwünschter Geruch, offensichtlich ein Gruß aus der Bordtoilette, der uns dann im Großraumwagen bis Berlin begleiten sollte. Ich erinnerte mich umgehend an die nur wenige Minuten vorher von meinem Bahnsteigbekannten erzählten und von ihm selbst erlebten Geschichte, als er auf einer Fahrt mit seiner Gattin ein einschlägiges Erlebnis gehabt hatte. Damals suchte seine Gattin das Bord WC auf, wo zunächst alles wie gewohnt ablief, wenn man mal von dem absieht, was eigentlich hätte ablaufen sollen. Die der Entsorgung dienende Spülung durchlebte offenbar eine heftige Trotzphase und arbeitete gegenläufig in die falsche Richtung, tat dieses dann auch noch so vehement, dass besagte Gattin bis auf Höhe des Gürtels recht gleichmäßig besprenkelt und überaus würzig im Geruch den Ort des Geschehens verließ, nicht ohne ihrem Unmut geräuschvoll Luft zu verschaffen. Jedenfalls hatte ich in diesem Moment des lebendigen Vortrags meines Gesprächspartners bereits beschlossen, auf eine eventuell im Verlauf der Reise anstehende Verrichtung unter allen Umständen zu verzichten.

Im Wagon mit der Nummer 37 fand ich dann tatsächlich auch noch einen freien Sitzplatz neben einer die Sicht ins Freie hemmende Fensterstrebe auf Augenebene. Hier stand an der Anzeigenleiste kein Reservierungshinweis, stattdessen war jedoch auf besagter Fensterstrebe unübersehbar ein Symbol angebracht, das mich als Schwerbehinderten einzustufen versuchte. Ich nahm in diesem Sonderfall das Angebot an, zumal der freundliche Zugbegleiter wenige Augenblicke später seine Zustimmung signalisierte, indem er bemerkte, dass diese Sitzgelegenheit selten bis gar nicht und wenn überhaupt erst ab Hannover in Anspruch genommen würde.

Jetzt mal ganz im Ernst, ich bin keinesfalls enttäuscht von den Serviceleistungen der DB, wie es nach den vorgenannten Schilderungen vielleicht scheinen könnte. Zumal ich mit meinem Preis von 84 € für die Fahrt in der ersten Klasse wirklich nicht meckern darf, hat doch das Ticket meiner Bahnhofsbekanntschaft für dieselbe Leistung in der zweiten Klasse immerhin 115 € gekostet.

Ich habe für mich beschlossen, dass ich nicht unbedingt alles verstehen muss, was rund um eine Reise mit der DB passiert. Das hat nichts, rein gar nichts mit Resignation zu tun, nein bestimmt nicht. Ich habe es zu schätzen gelernt, die Dinge pragmatisch zu betrachten und das eine oder andere Erlebnis mit der Bahn unter der Rubrik Abenteuer abzuspeichern. Abenteuer hat immer auch mit Überraschungsmomenten zu tun und das sehe ich positiv, zumal dann, wenn man gerade durch solche besonderen Erlebnisse nette Menschen kennenlernt, mit denen man das gleiche Schicksal für einen begrenzten Zeitraum teilen darf. Ein Leben ohne

Überraschungen ist doch langweilig, oder etwa nicht?

Im Nachtzug nach Wien

Es ist Sommer. Urlaubszeit. Reisezeit. Ich hatte mich entschlossen, in diesem Jahr nach Österreich zu fahren. Nicht zu fliegen. Und nicht mit dem Auto. Wegen der Umwelt. Nicht wegen des Preises. Fliegen wäre am billigsten gewesen. Dann wäre Auto etwas teurer. Danach folgte der Zug bei Tag. Und am teuersten war der Nachtzug. Die Preisstruktur ist also gestaffelt nach Umwelt-belastung: Umweltschutz ist am teuersten. Das kann sich oft nicht jeder leisten. Ich schon. Denn mir lag etwas an Klimaschutz und Umwelt. Jedenfalls bis dahin.

Der Flug von Hamburg nach Wien hätte mich hin und zurück 129.- € gekostet, mit dem Auto wäre es etwa 160.- € teuer geworden, mit dem Tagzug 369.- € und mit dem Nachtzug Deluxe schlappe 649.-€. Ohne Verpflegung versteht sich. Ich hätte natürlich auch die Strecke zu Fuß zurücklegen können, aber dafür war der Urlaub leider etwas knapp bemessen.

Frohgemut schritt ich zur Tat und zum Bahnhof Altona, ohne Koffer, jedoch mit etwas Handgepäck. Den Koffer hatte ich vorher für günstige 27,95 € bei Hermes aufgegeben, damit ich unbeschwert reisen kann.

Am Tag der Abfahrt fand ich mich pünktlich, nein überpünktlich um 21:32 Uhr auf Gleis 9 ein. Dort empfing mich zunächst - Nichts. Der Zug hätte eigentlich schon dort stehen sollen, denn das Zusteigezeremoniell ist beim Nachtzug etwas komplizierter als tagsüber, weil man vom Servicemeister persönlich begrüßt und ins richtige Abteil einsortiert sowie über die Modalitäten während der Reise unterrichtet und streng belehrt wird. Der Bahnsteig jedoch war menschenleer, wenn man mal von meiner Person absieht. Ich patrouillierte zwanzig unendlich lange Minuten auf dem Bahnsteig leicht nervös hin und her, bevor ich auf dem leuchtenden Anzeiger den zarten Hinweis entdeckte: „Der Nachtzug nach Wien heute auf Gleis 24". Mein Blick senkte sich blitzartig auf die Armbanduhr, die mir zeigte, dass ich immerhin noch fast 3 Minuten Zeit hatte bis zur Abfahrt. Ich schnappte meinen Rucksack und tobte die Treppe hinunter in den Gang Richtung Gleis 24. Gefühlte dreißig Sekunden vor der planmäßigen Abfahrt erreichte ich schließlich Gleis 24. Meine Augen suchten krampfhaft das Empfangskomitee, fanden es aber nicht. Stattdessen stand ein Uniformierter mit roter Kelle in der Hand und Flöte im Gesicht, der mich mit Blicken strafte. Ich verzichtete auf jegliches weitere Zeremoniell, weil ich die Zeichen der Abfahrtszeit verstanden hatte und riss die nächstliegende Wagentür auf, um überhaupt noch an Bord zu kommen. Drinnen würde ich mir dann den Weg in das reservierte Abteil schon bahnen. Ich hatte kaum Zeit gehabt, Luft zu holen, da ertönte ein schriller Pfiff und das Fahrgerät setzte sich in Bewegung.

Ich war in Wagen Nr. 1 eingestiegen und mein 2'er Abteil war in Wagen Nr. 13. Das war zu schaffen – dachte ich. Mein Verhängnis lauerte jedoch in Wagen Nr. 7. Das war nämlich der einladende Speisewagen. Und ich war ja ziemlich durstig zugestiegen, weil ich den Sprint zwischen Gleis 9 und Gleis 24 hinter mir hatte. So entschloss ich mich spontan, eine Trinkpause einzulegen, bevor ich die Reststrecke zurücklegen wollte. Das war, um es vorwegzunehmen, keine besonders gute Idee. Als ich nämlich nach einer halben Stunde meinen Weg fortsetzte, war mein Abteil leider schon voll belegt. Ich zückte meine Reisepapiere und versuchte den anderen Fahrgast davon zu überzeugen, dass er doch bitte unverzüglich meinen gebuchten Platz räumen möge. Der immer lauter werdende Disput weckte nach wenigen Minuten die volle Aufmerksamkeit des Zugbegleiters, den ich zunächst vorschnell als natürlichen Verbündeten angesehen hatte, da mein Fahrschein nebst Reservierungsbeleg unmissverständlich diesen Platz auswies und keinen anderen. Sogar das Datum stimmte. Dann kam die Ernüchterung. Vom freundlichen Serviceman erfuhr ich nämlich, dass meine Reservierung 15 Minuten nach Einstieg verfallen war, weil ich in diesem Zeitraum nämlich den mir zugewiesenen Platz nicht eingenommen hatte. Somit war der andere Fahrgast im Recht und das könne man leider nicht mehr rückgängig machen. So stünde es in den Bestimmungen, die mir auf elektronischem Wege zusammen mit allen anderen Dokumenten immerhin doch ganz ausführlich auf zwölf Seiten unter der ausgewiesenen Rubrik „Geschäftsbedingungen", „Datenschutzerklärung" und „Stornierungserläuterungen" ergangen sein müssten. Alles zusammen in Schriftgröße 6,5 also recht übersichtlich. Mein Hinweis, ich hätte doch aber alles im Voraus bezahlt, half da auch nicht weiter. Immerhin bot mir der Servicedienstleister seine Hilfe bei der Suche nach einem freien Platz an. Allerdings sei nur noch ein Platz in einem 4-Bett-Abteil zu erwarten.

Ich fügte mich dem Schicksal und trottete hinter ihm her, bis wir den Wagen mit der Nr. 6 erreicht hatten. Ich muss gestehen, dass ich beim abermaligen Durchqueren des Speisewagens weder Durst noch Hunger verspürte, dafür aber die aufsteigende Magensäure in meiner Speiseröhre.

Ich machte mich bekannt mit den anderen Mitreisenden und bezog mein Quartier in der oberen Etage rechts vom Fenster entgegen der Fahrtrichtung. Da es nun bereits auf halb elf zuging, war es Zeit, sich auf den Schlaf vorzubereiten, also Zähne zu putzen, einen letzten Gang zum Gemeinschaftsklo vorzunehmen und dann mit leichter Nachtbekleidung das Bett zu besteigen. Den Rucksack nahm ich natürlich mit, man weiß ja nie. Es gab da aber noch ein Problem, nein genauer zwei davon. - Erstens: Wohin mit meinem Rucksack? Zweitens: Wohin mit meinen 1,92 Metern? Das Bett war optimiert für Menschen zwischen 1,65 m und 1,85 m Körperlänge. Aber auf Übergrößen waren die Wagoningenieure nicht eingestellt gewesen. Sie richteten sich ausschließlich nach dem statistischen Durchschnitt. Das war aber nicht das einzige Problem, denn ich hatte ja für meinen Rucksack noch keine überzeugende Lösung gefunden. Die Ablage am Fußende war sehr knapp bemessen und außerdem benötigte ich sie als Ablage für meine Füße, weil ja das Bett nicht ausreichte. Also versuchte ich den Rucksack zwischen Wand und mir auf Brusthöhe zu platzieren, damit ich jederzeit schnell an meine Utensilien gelangen konnte. Das war zwar gut überlegt, aber nicht ohne Nebenwirkungen, weil die Pritsche eine Breite von höchstens 65 Zentimeter hatte, sie folglich entweder mich oder den Rucksack aufnehmen konnte. Rücken- oder Bauchlage kam als Schlafhaltung also nicht infrage und so versuchte ich es in stabiler Seitenlage mit Blickrichtung zum Fenster.

Nun wartete ich geduldig aufs Sandmännchen, müde genug war ich nach den Aufregungen des

Tages. Aber das Sandmännchen schien sich zunächst nur den anderen Mitreisenden zuzuwenden, jedenfalls deuteten recht eindeutige schnarrende Geräusche darauf hin. Diese Schnarchtöne im disharmonischen Zusammenspiel mit klackernden Fahrgeräuschen trugen jedenfalls nicht dazu bei, Sandmännchens Arbeit zu unterstützen und so wandte ich mich meinem Rucksack auf der Wandseite zu. Ich hatte doch irgendwo mein Handy dort untergebracht. Meine Rettung war das Spiel Solitär. Es würde mich innerhalb der nächsten Viertelstunde bestimmt in den Schlaf wiegen. Doch wo war dieses verdammte Ding? Es dauerte eine ganze Weile, bis ich das Smartphone gefunden und angeworfen hatte. Und es funktionierte tatsächlich. Ich wurde müder und müder, bis mir am Ende die Augen zufielen. Ich weiß nicht genau, wie lange ich schon geschlafen hatte, aber es mögen wohl nur wenige Minuten gewesen sein oder auch mehr, als mich ein lauter metallischer Klang ganz in meiner Nähe jäh aus dem Schlaf riss. Es hörte sich so an, als ob etwas Hartes heruntergefallen und dabei an ein Metallstück gestoßen wäre. Instinktiv griff ich nach meinem Smartphone neben mir, aber da lag es nicht. Die hektische Suche brachte keinen Erfolg und so lag es nahe, dass ich im Schlaf wohl an das Gerät gekommen war und es in die Ritze zwischen Wand und Pritsche geschoben hatte, sodass es auf direktem Weg mit hoher Fallgeschwindigkeit sehr plötzlich die Etage gewechselt hatte. Dort unten musste es irgendwo liegen. Aber wo genau? Ich beugte mich vor über den Pritschenrand und blickte angestrengt auf das untere Bett, in der Hoffnung, das Aufleuchten meines Spielgeräts zu entdecken, das sich durch die Bewegung beim Sturz wohl angeschaltet haben mochte. Aber da war nichts. Nun war an Schlaf nicht mehr zu denken. Sollte ich den Untermieter aus seinem Tiefschlaf herausreißen und um suchende Mithilfe bitten? Oder mit meiner Taschenlampe das untere Bett ausleuchten? Was tun, wenn der Reisegast mit seinem massigen Körper vielleicht schon auf meinem Phone zu liegen gekommen war? Ich konnte doch unmöglich …. Oder doch? - Es dauerte noch ein paar Augenblicke, bis ich mir einen Ruck gab und möglichst leise und mit Taschenlampe bewaffnet aus meinem Lager hinabstieg und ganz behutsam alle Ecken und Ritzen der unteren Bettstatt auszuleuchten anfing, dabei höchst konzentriert auf die Schlafgeräusche der Restbelegschaft achtend. Es wäre nicht auszudenken, wenn einer der Mitreisenden plötzlich wach würde und mich beobachtend zu krasser Fehldeutung meines Verhaltens käme. Das durfte unter gar keinen Umständen passieren und so ging ich äußerst behutsam und vor allem geräuscharm vor. Dann sah ich den Gegenstand meiner Begierde aus der Ritze zwischen Wand und Bettkante hervorlugen. Siegesgewiss beugte ich mich über die Liege und streckte meinen Arm aus. In diesem Moment machte der Lokführer mir einen Strich durch die Rechnung. Er musste plötzlich aus irgendeinem triftigen Grund die Bremse recht kräftig und mit kreischendem Krach betätigen, vielleicht um einer Rotte von Wildschweinen auszuweichen oder warum auch immer. Jedenfalls kam Bewegung ins Abteil und zwei Mitreisende wurden wach und starrten mich voller Entsetzen an. „Was machen Sie denn da?" tönte es von hinten. Meine Erklärungsversuche entfalteten leider keine wirkliche Überzeugungskraft und nach Betätigen des Alarmknopfs war in Sekundenschnelle der Zugbegleiter zur Stelle, dem dann die Darstellung und Erklärung der Mitreisenden bedeutend einleuchtender erschien als meine Erläuterungen. Das Smartphone hatte er schon mal sichergestellt und auf meinen Protest hin erklärt, den Rest würde die Bahnpolizei in Mannheim klären, wo wir in einer halben Stunde einfahren würden. Bei dem Wort „einfahren" zuckte ich unwillkürlich zusammen, ließ mir aber nichts anmerken.

Gottlob ließ sich auf der Polizeiwache alles relativ schnell klären, da ich mithilfe der Daten auf dem Handy meine Identität und die wahren Eigentumsverhältnisse hatte klären können. Bei der Gelegenheit erfuhr ich dann auch, dass ich bundesweit auf keiner Fahndungsliste vermerkt bin und auch sonst nichts gegen mich vorliegt. Das hat mich dann doch sehr beruhigt. Der Nachtzug war derweil ohne mich weitergefahren und an erholsamen Schlaf war in jener Nacht natürlich überhaupt nicht zu denken. Immerhin durfte ich nach längerer Diskussion mit einem Schalterbeamten am frühen Morgen auf das nur teilweise in Anspruch genommene Ticket noch mit einem anderen Zug nach Wien weiterreisen, ganz ohne Zuzahlung versteht sich. Diese großzügige Haltung der Bahn weiß ich umso mehr zu schätzen, als ich ausführlichst und nicht ohne beiläufig angedeuteter Rüge wegen meines doch recht befremdlichen Verhaltens darüber belehrt wurde, dass diese Leistung der Bahn eine reine Kulanzangelegenheit sei und nach Paragraf soundso Absatz 4. der europäischen Personentransportverordnung nicht zwingend erfolgen müsste.

Ich besorgte mir um halb sechs am Bahnhofskiosk die neueste Ausgabe des „Mannheimer Morgen", um dann mit dem ersten Zug um 6:27 Uhr meine Reise fortzusetzen.

Pünktlich zum Mittagessen war ich dann in Wien angekommen, übrigens ganz ohne weitere besondere Vorkommnisse. Sieht man mal davon ab, dass die Batterie meines Handys inzwischen völlig leer war, genauso wie mein Magen und ich auch sonst irgendwie erfüllt war von einem Gefühl stoischer Leere.

Ach ja, fast hätte ich es vergessen zu erwähnen. Mein Koffer war unterdessen in Budapest gelandet in einem gleichlautenden Hotel. Nach drei Tagen ging er dann wieder zurück auf Reisen, nach Hamburg. Aber das ist ein ganz anderes Thema.

Die Erfahrung zeigt bisweilen, dass eine Reise mit dem Nachtzug nicht unbedingt immer eine Garantie für ungestörten Schlaf bedeutet, vor allem nicht für durstige Fahrgäste mit Smartphone.

Teil II:

Je oller, umso doller

Hä? – Ich versteh nix, sprich doch mal lauter

Vor ein paar Jahren ging ich durch die Fußgänger-zone meiner Heimatstadt, als mich ein netter junger Mann höflich ansprach. Ich verstand: „Wollen Sie einen kostenlosen Horntext machen? Sofort und ganz unverständlich. Sie gehen dabei keinerlei Verzückungen ein und wir erlassen auch keine Saaten von ihnen." Meine Antwort lautete: „Wissen Sie, junger Mann, erstens: Mit meiner Hornhaut an den Füßen beschäftigt sich meine Fußpflegerin, die mich meistens dabei ziemlich zutextet, obwohl ich sie kaum verstehen kann. Zweitens: nach der Fuß-pflege gehe ich meist zufrieden, jedoch keineswegs verzückt nach Hause und drittens: Ich habe gar keinen Garten, wo ich säen könnte." – Der junge Mann blickte mir mit offenstehendem Mund nach und machte dabei einen etwas verwirrten Eindruck. Ich glaubte damals, dass er vielleicht was an den Ohren hatte und mich deshalb überhaupt nicht ver-standen hat.

Zu Hause erzählte ich meiner Frau davon, die mich ermahnte, ich möge doch ein wenig leiser sprechen, denn sie wolle sich nicht von mir anbrüllen lassen. Als ich mit gedämpfter Stimme meinen Bericht be-endet hatte, brach sie in schallendes Gelächter aus. Ich konnte mich des Gefühls nicht erwehren, dass sie mich auslachte und wollte gerade meine Stimme erheben, um mich bei ihr zu beschweren, als sie sich die Tränen aus dem Gesicht wischend zu sprechen begann: „Ich wollte es dir schon seit längerem sagen, Schatz, aber jetzt ist der Augenblick gekommen, wo wir ein ernstes Wort über deinen Zustand sprechen müssen, fürchte ich." Als ich sie fragend anschaute, fuhr sie fort: „Ich glaube, du hast den Mann in der Fußgängerzone völlig missverstanden. Er wollte dich offenbar zu einem kostenlosen Hörtest einladen und hat dir bloß sagen wollen, dass du damit keinerlei Verpflichtungen eingehen müsstest und er keine persönlichen Daten von dir wollte." „Ach so," entgegnete ich und wurde sehr nachdenklich.

Inzwischen bin ich mehr oder weniger stolzer Besitzer eines hochmodernen Hörgeräts. Es ist sehr klein, aber oho und es ist ein High-End-Gerät, wie man mir versicherte. Es hat nämlich eine Dual-Chip-Technologie und kostet nur schlappe 3789.- €, wovon die Krankenkasse 1500.-€ übernommen hat. Dafür ist das Ding besonders klein, fast schon winzig. Man klemmt es sich hinter die Ohrmuschel, so dass es vollkommen unsichtbar für die Gesprächspartner ist. Praktisch dabei ist, dass es auch nicht wie die Indoor-Geräte dem Ohrenschmalz ausgesetzt ist. Der Gehörgang selbst bleibt ja frei. Man kann es auch auf die persönlichen Hörgewohnheiten einstellen, z.B. auf Fernsehen oder

Theater oder Onkel Heinz. Nur im Stadion ist es komplizierter, weil da so viele mithören bzw. mitschreien. Auch im Restaurant gibt es manchmal Schwierigkeiten, wenn so viele durcheinanderreden. Manchmal macht es aber auch Sinn, wenn man nicht alles verstehen kann. Dann kann man den Hörapparat auch komplett auf taub stellen. In diesem Fall empfiehlt es sich aber, dem erzählenden Gegenüber ab und zu einen Floskelbrocken anzubieten, beispielsweise ein „Ach so!" oder ein „Is nich wahr!" oder ein einfaches, gern mehrmals zu wiederholendes „Hm, hm", welches der Abwechslung halber auch durch ein „So so" auszutauschen ist. Erfahrene Zuhörer flechten auch schon mal eine Frage dazwischen, z.B. „Wie kann das sein?" oder „Bist du dir da sicher?" Die Erfahrung lehrt, dass solcher Art von Gesprächen unkompliziert und vollkommen harmonisch verlaufen. Und man kann sich herrlich dabei ausruhen und an schöne Dinge denken. Falls mal etwas schiefläuft mit der Verständigung, kann man jederzeit mit dem vollen Brustton der Überzeugung alles auf die vermaledeite moderne Technik des Hörgeräts schieben. Sollte das Argument nicht verfangen, bleibt als letztes Mittel noch der Griff zum Kästchen mit der Ersatzbatterie übrig. Und wenn dieses leer ist, erlöst dieser Befund zumindest von einer lästigen Gesprächsfortsetzung.

Man sieht, ein Hörgerät hat wirklich zahlreiche Vorteile und erleichtert häufig eine Gesprächsführung.

Einziges Problem: Es ist so winzig klein, dass man es kaum wiederfinden kann, wenn man es mal verlegt hat oder es lautlos auf den Teppichboden fällt. Wenn mit der Hörschwäche auch noch eine Sehschwäche einhergeht, besteht kaum eine Chance es wiederzufinden. Schon so manches Hörgerät ist am Ende dem Staubsauger zum Opfer gefallen. Dann hilft am Ende nur noch eine ganz bestimmte, natürliche Hörtechnik: Die selektive Wahrnehmung. Übersetzt heißt das: Ich lasse nur noch das über den Gehörgang in mein Hirn dringen, was mir gefällt. Alles andere bleibt gefälligst draußen.

Menschliche Ergänzungsmittel

Wer schon einige Jahre auf dem Buckel hat wie ich, der hat mit hoher Wahrscheinlich bereits einige künstliche Teile im Körper. Bei manchen sind es künstliche Gelenke an Hüfte, Knie oder Schulter, andere Menschen sind an Arm oder Bein genagelt oder tragen eine Metallplatte irgendwo in den Knochen seiner Gliedmaßen. Am häufigsten ist allerdings der Kopf mit Ersatzteilen versehen. Schon in mittlerem Alter wird meist das Gebiss allmählich fortschreitend ausgetauscht. Die Ersatzteile sind oft aus Edelmetallen, bisweilen auch aus hochwertiger Keramik, verankert mit Titanstiften. Zahnersatz in Gold kann auch besonders in unruhigen Krisenzeiten als Wertanlage betrachtet werden, die steuerlich nicht in Rechnung gestellt werden kann. Im Stadium des Ruhestands dann sind die Augen an der Reihe. Dann heißt es „Ich hab den Star, hol ihn mir raus!" Gemeint ist dabei in den meisten Fällen der sogenannte „graue Star", der oft mit einer grauhaarigen Person einhergeht. Die Augenlinse kann man austauschen, bei Haaren ist es komplizierter. Wer nämlich seine Haare zum großen Teil bereits verloren hat, kann diesen Verlust meist nur noch kaschieren, jedoch nicht mehr oder nur in den seltensten Fällen rückgängig machen. So kann man das Resthaar wohl schönfärben, ständig eine Kopfbedeckung tragen (Hinweis an Frauen: Es muss nicht unbedingt das Kopftuch sein) oder er/sie entscheidet sich für eine mobile Prothese, auch Perücke genannt. Auch äußerliche Prothesen für das Auge sind in mannigfaltiger Form, bisweilen auch als modisches Accessoire aus dem gesamten Farbspektrum in gebräuchlicher Verwendung.

Es geschieht ein körperlicher Eingriff jedoch nicht allein bei Menschen fortgeschrittenen Alters, die diese Eingriffe ja nicht freiwillig, sondern aus purer Not und Verzweiflung an sich vornehmen lassen, nein es sind vermehrt junge und sogar ganz junge Menschen, die oft unter erheblichen Schmerzen Eingriffe an ihrem Körper vornehmen lassen. Dabei spielen Materialien eine Rolle, die überwiegend nicht zur Wertsteigerung des Gesamtkörpers beitragen können, also anders als beim Zahnersatz etwa. Keineswegs edle Metalle werden durch empfindliche Körperteile getrieben, zum Teil in einer Dichte, welche das Kopfgewicht nicht unerheblich zu steigern vermag. Bei manchem führt das auch zu Haltungsschäden, bedingt durch eine gebückte Körperhaltung mit hängendem Kopf. Körperöffnungen werden bevorzugt anvisiert, also Lippen, Nase, Ohren und sogar Augenlieder. Immer häufiger sind auch andere Körperregionen, an denen sich Öffnungen befinden, Ziel dieser metallurgischen Attacken. Und das alles freiwillig und für eine

Stange Geld. Hinzu kommt noch eine weitere immer mehr um sich greifende Neigung. Sie ist ursprünglich aus dem Milieu der Seefahrer, der Knastbrüder und der japanischen Gangster in unseren Kulturkreis eingedrungen. Mehr oder weniger künstlerische Abbildungen (Abbildung hat übrigens nicht notwendig mit Bildung zu tun!) zieren mittlerweile die Haut sehr vieler vor allem junger Menschen, nicht selten sogar flächendeckend über den gesamten Körper verteilt. Wer anspruchsvollere Motive in handwerklich perfekter Ausführung auf Armen, Beinen, Rücken, Nacken oder sonst wo einbringen lassen möchte, muss durchaus auch schon mal eine fünfstellige Summe auf den Tisch legen. Ganz problematisch sind Schriftbotschaften auf dem Körper, z.B. mit dem Namen der Freundin oder des Freundes. Scheitert dann eine Beziehung, trägt Mann oder Frau die Erinnerung leibesnah immer mit sich herum und ist oft auch schon mal unangenehmen Fragen ausgesetzt.

Körperergänzungsmittel liegen derzeit also voll im Trend. Ein Problem sollte dabei jedoch nicht unerwähnt bleiben. Je mehr Ersatzteile oder angeflanschter Körperschmuck einem Menschen zugefügt wurden, desto schwieriger wird die Entsorgung des Körpers nach erfolgtem Ableben. Mancherorts lassen Friedhofsverwaltungen zur

Grablege nur noch biologisch unbelastete Leichen ablegen (wg Grundwasserschutz) und verlangen ein hausärztliches und vom Gesundheitsamt bestätigtes Gutachten als Vorbedingung. Ist der vorgegebene Grenzwert an Gefahrstoffen überschritten, muss ein Chirurg, zumeist ein Gerichtsmediziner, ans Werk, um den Leichnam behutsam von allen gefährlichen Fremdstoffen zu befreien. Das verursacht noch einmal zusätzliche Kosten, die man eventuell durch eine Veräußerung der freigesetzten Materialien bei E-Bay wieder ein wenig einfangen kann. Für eine Feuerbestattung gelten übrigens entsprechende Vorschriften zur Luftreinhaltung. Wer diese Unkosten scheut, weil sie das Budget der Hinterbliebenen übersteigt, der kann eine Beerdigung auch an den Betreiber einer Sondermülldeponie übertragen. Das ist zwar auch nicht völlig kostenfrei, jedoch spart man bei dieser Variante eine mindestens zwanzigjährige kostspielige Grabpflege.

Man sieht, es gibt für jede Lösung auch ein Problem.

Gravitationsprobleme

Vorweg: Ich bin kein Freund von verstärkter Gravitation. Zugleich ist mir andererseits vollkommen klar, dass es ein Leben ohne Erdanziehungskraft nicht geben kann. Es gibt aber ein paar Fälle, wo sie absolut unproduktiv ist. Und manchmal sogar auch schmerzhafte Wirkung zeitigt. Vor vielen Jahren hatte ich so ein sehr spezielles Erlebnis auf Gran Canaria. In einem kleinen Gebirgsdorf ging ich fröhlich an einer Häuserzeile vorbei zu einem Aussichtspunkt. Wenige Minuten später ging ich den gleichen Weg zurück und dann passierte es. Irgendwas zog mir die Beine ur-plötzlich weg und meine Körpermitte raste in gefühlter Lichtgeschwindigkeit dem Erdmittelpunkt entgegen. Weil das Straßenpflaster zwischen mir und dem besagten Erdmittelpunkt im Weg war, prallte ich, in die Horizontale gebracht, unsanft auf jenem auf und bemerkte nur Augenblicke später den Geruch von Seifenlauge unter mir. Psychisch mittelschwer angefasst kämpfte ich gegen eine Ohnmacht. Was ich nicht bemerkt hatte: Eine eifrige Hausfrau hatte kurz zuvor für Sauberkeit im Hausflur gesorgt und anschließend den Eimer mit Seifenlauge auf die Straße ausgekippt in der Gewissheit, dass sich die bräunliche Flüssigkeit den Gully selber suchen würde, um darin in den unterirdischen Kanal zu verschwinden. Das war angewandte Physik. Wasser fließt immer nach unten. Gravitation halt. Das wusste die Frau offenbar und so machte sie es vermutlich schon seit Jahrzehnten, genau wie vermutlich auch ihre Mutter, Großmutter, Urgroßmutter usw. Alle kannten sie dieses Gesetz der Erdanziehungskraft. Und alle hatten sie über Generationen hinweg diese Kenntnis in praktische Tätigkeit umgesetzt. Offenkundig kannten sie noch ein anderes physikalisches Gesetz, nämlich das der Sonnenkraft. Dies besagt, dass Wasser unter intensiver Sonneneinstrahlung seinen flüssigen Aggregatzustand in einen gasförmigen umwandelt, wobei die Seifenanteile allmählich ihre Rutschkraft verlieren. Es war also mein Fehler gewesen. Wer zu früh kommt, den bestraft das Leben. Hat mal so ähnlich einer gesagt.

Seither bin ich sehr vorsichtig geworden. Ich schaue beim Gehen immer angestrengt auf den Boden, um eine drohende Ausrutschgefahr rechtzeitig zu erkennen. Das hat jedoch auch ein paar Nachteile, weil man dadurch zwar das Gefühl der Sicherheit steigern kann, dabei aber häufig die nachbarschaftlichen Begegnungen belastet, weil man Nachbarn nicht mehr wahrnimmt und sie sich entsprechend nicht mehr von mir wahrgenommen fühlen. Zu große Vorsicht macht einsam. Das ist der Preis dafür: Gipsbein gegen intakte Nachbarschaft. Man kann schließlich nicht alles haben.

Wir haben uns deshalb entschieden, der frostige Jahreszeit mit all den eisglatten Gefahrenherden dadurch zu entgehen, dass wir in den Wintermonaten auf die Kanaren ausweichen. Dort gibt es zwar Seifenlauge, aber keine vereisten Wege. Und außerdem entfällt das Problem mit der Nachbarschaft, weil uns dort keiner kennt. Außerdem sparen wir auf diese Weise enorm bei Heizung, Strom und Wasser. Eine klassische Win-Win-Situation also.

Da gibt es aber auch noch ein anderes Naturgesetz und das heißt: Alles Leben ist endlich. Das gilt auch für den Menschen. Wenn man sich über einen längeren Zeitraum beobachtet, und das sollte Mensch tun, wird man bemerken, wie Körper und Geist ganz allmählich und fortschreitend schwächeln. Einher geht stets auch die sichtbare Veränderung der äußeren Gestalt. Nur den wenigsten gelingt es, Körperumfang nebst Gewicht über die Jahrzehnte zu bewahren, ebenso Sehkraft und Gehör, Erinnerungsvermögen und geistige Flexibilität, Ausdauer und Kraft, Körperspannung und Haltung, Haarbewuchs und -farbe, Tatkraft und Beweglichkeit.

Es ist schwer, vor sich selbst diese persönlichen Zerfallserscheinungen einzugestehen und erst recht vor anderen. Und doch kommt für jeden einmal der Zeitpunkt, wo man sich nicht nur mit Zahnersatz, sondern auch mit dem Thema Gehhilfen auseinandersetzen muss. Es müssen nicht gleich Rollstuhl oder Rollator sein, um sich sicherer fortzubewegen. Von Fall zu Fall tut es auch erstmal ein Stock. Der hat gegenüber den beiden genannten Alternativen viele Vorteile, die ich hier einmal aufzählen will:

1. Er ist eine brauchbare Stütze bei der Fortbewegung daheim und unterwegs.
2. Er verschafft Selbständigkeit, denn ich brauche niemanden, der mir das Gerät zusammenfaltet oder mich schiebt.
3. Er ist leicht zu bedienen und man kann ihn platzsparend verstauen.
4. Bei Bedarf kann man ihn als Wink-Element einsetzen, z.B. wenn man dem Autofahrer den Wunsch anzeigen will, die Straße zu überqueren.
5. Man kann mit ihm einen Taschendieb oder andere Strolche vertreiben.
6. Man kann ihn in einer Kneipe im Schirmständer stehenlassen, damit man einen Grund hat zeitnah wiederzukommen.
7. Er eignet sich hervorragend dazu, aggressive Radfahrer aus dem Gleichgewicht zu bringen, weil sich Stock und Speiche in der Regel nicht gut vertragen. *(Doch Vorsicht: Für motorgetriebene Fahrzeuge eignet sich diese Methode allerdings nicht!)*

8. Einen Stock kann man im äußersten Notfall zum Heizen verwenden, denn er brennt hervorragend, jedenfalls wenn er gänzlich aus Holz besteht.

9. Dreht man ihn um 180 Grad, so kann man ihn bequem als Minigolfschläger verwenden. *(Versuchen Sie das mal mit einem Rollator!)*

10. Im Falle des Verlusts ist er kostengünstig zu ersetzen. Jedenfalls weitaus kostengünstiger als Rollator oder Rollstuhl.

Der technische Fortschritt hat inzwischen auch die Stocktechnologie erreicht. Inzwischen gibt es Teleskopstöcke aus Leichtmetall oder Kunststoff, deren Länge man variieren kann. Sie eignen sich besonders für den Einsatz in Senioreneinrichtungen, weil ein solcher Stock von ganz vielen Heimbewohnern nacheinander benutzt werden kann. Aber das macht diese Version auch im Hinblick auf die Erbmasse interessant, weil durch die Individualisierung diese Gehhilfe für die nachfolgenden Generationen nutzbar gemacht werden kann. Aber das ist natürlich noch lange nicht das Ende der Entwicklung. Seit kurzem sind Stöcke mit integriertem Navi auf dem Markt. Eine seniorengerechte Bedienung scheint aber noch nicht ausgereift zu sein. Ich vermute mal, dass eine Spracheingabe hier besonders vielversprechend wäre. Was aber schon ganz gut funktioniert, das ist der Diebstahlschutz. Eine im Knauf integrierte Mikrokamera ist auf den Gehstockeigentümer programmierbar, so dass bei unbefugter Nutzung ein schriller Alarmton aufheult. Das Problem dabei: Wenn ein Stockbesitzer seinen Enkel bittet, ihm doch mal den Stock aus dem Schirmständer zu holen, kommt es immer wieder zu unschönen Szenen. Ich bin mir sicher, dass in den nächsten Jahren noch deutliche Verbesserungen zu erzielen sind, vor allem durch den kreativen Einsatz von KI. Wie ich neulich in der Fachzeitschrift „Verstockte Zeiten" las, arbeitet man in Kalifornien bereits an der Entwicklung eines autonomen Stocks („Selfy-Stick"), der tempovariabel angepasst die vollautomatische Steuerung des Senioren/der Seniorin übernimmt. Dieser braucht dann nur noch ohne jegliche geistige Anstrengung seinem Leit-Stock zu folgen. Dieses Modell scheint deshalb besonders auch für demente Senioren geeignet. Bis zur endgültigen Marktreife werden allerdings noch ein paar Jahre ins Land ziehen. Einen etwas sperrigen Namensvorschlag für dieses Modell im deutschsprachigen Raum gibt es interessanterweise bereits: „Besenbesenseidsgewesen." [1]

1) Vgl. Goethe: Zauberlehrling

Als Rollatorpilot unterwegs

Im Alter immer schön beweglich bleiben, heißt es. Biste beweglich, behältste Kontakte und erweiterst deinen Horizont. Und das ist gesund! Das hat mir sofort total eingeleuchtet und ich habe mir deshalb einen Rollator bestellt. Gleichzeitig habe ich mich natürlich bei einer Fahrschule angemeldet, damit ich lerne, wie man sich mit diesem Fahrzeug im Verkehr bewegt. Zur ersten heiß ersehnten Fahrstunde habe ich mein vierrädriges Gefährt selbstverständlich mitgenommen. Auf dem Weg hatte ich schon die ersten Probleme. Als Fahrzeughalter eines Gefährts mit vier Rädern musste ich mich natürlich auf der Fahrbahn bewegen. Ich bin dann auf der Fahrbahn natürlich ganz weit rechts gefahren, um den Verkehr nicht unnötig aufzuhalten. Die Autofahrer haben aber ständig gehupt wie verrückt, und einer hat mir sogar den Vogel gezeigt, ein anderer sogar den Mittelfinger. Ich habe mich davon aber nicht beeindrucken lassen, schließlich bin ich gut erzogen. Die sittliche Verkommenheit meiner Mitbürger konnte ich aber erst beim Linksabbiegen so richtig kennenlernen. Arm raus nach links und dann auf die Abbiegespur. Habe ich alles regelkonform gemacht, so schnell ich konnte. Da war was los, kann ich euch sagen. Am schlimmsten war der Laster mit Auflieger direkt hinter mir. Der hat hinter seinem Cockpit rumgefuchtelt wie ein Hampelmann. Geflucht hat der und seine Schiffsirene auf Dauerton gestellt. Ein Höllenlärm hat das gegeben. Aber ich bin natürlich ganz ruhig geblieben. Das ist auch besser für mein Herz. Die nächste Hürde auf dem Weg zur Fahrschule waren die Straßen-bahnschienen. Meine Rollkarre ist da mit den zwei linken Rädern reingeraten. Ich habe versucht, da wieder rauszukommen, aber die Räder waren dadrin so fanatisch festgekrallt, dass ich das auf die Schnelle nicht mehr hingekriegt habe. Da klingelts ganz plötzlich aufdringlich. Gleichzeitig hör ich so ein durch Mark und Bein gehendes kreischendes Geräusch hinter mir. Ich dreh mich vorsichtig um und schau mitten ins Gesicht einer Straßenbahn, die vehement ihren Anspruch auf den Gebrauch der Schienenstränge anmeldet. Keine Spur der Rücksichtnahme für einen Menschen, der erkennbar als Senior mit Gehhilfe unterwegs ist. Bis zur nächsten Abbiegung folgte mir die Bahn, ohne mit dem Gebimmel aufzuhören. Dadurch habe ich glatt vergessen, wo ich eigentlich hin wollte und bin den Schienen weiter gefolgt, obwohl ich eigentlich nach rechts hätte abbiegen sollen. Aber was willste machen, wenn die Schienen die Richtung vorgeben. Eine halbe Stunde später habe ich an der Endstation die Rollatorkarre endlich aus der Schiene rausgekriegt. Der Straßenbahnfahrer hatte mir noch dabei geholfen, nachdem er sich wieder beruhigt hatte. Er hat mich sogar dann auf dem Rückweg ein Stück mitgenommen. Ich bin leicht verspätet vor der Fahrschule gestanden und wollte gerade reingehen, da ist die Tür aufgegangen und ein Schwarm Jungspunde kam mir entgegen. Die Fahrstunde war nämlich inzwischen aus. Aber es hat sich trotzdem gelohnt. Ich habe nämlich auf dem Weg dorthin ganz viel über richtiges Verhalten im Straßenverkehr gelernt:

1. *Nie mit einem Rollator links abbiegen. Rechts geht viel leichter und ist dabei auch noch weit weniger gefährlich.*

2. *Meide als guter Rollatorpilot Straßenbahnschienen, denn sie führen meistens in die Irre.*

3. *Wenn du dich als Senior mit Gehhilfe im öffentlichen Raum bewegst, so nimm stets Ohropax mit, damit dich die störenden Nebengeräusche nicht vom richtigen Weg abbringen können.*

Kassenkampf im Supermarkt

Wenn ich mich hier so umsehe, dann guck ich in lauter alte Gesichter. Und die Jüngeren sehen in dieser Umgebung auch irgendwie alt aus. Seid ihr eigentlich alle noch freilaufend oder schon interniert? Ich frag aus ´nem bestimmten Grund. Wenn ihr nämlich schon interniert seid und heut Abend nur mal kurz für drei Stunden Auslauf gekriegt habt, bevor euer Pfleger euch nachher wieder einfängt, um euch zur Anstalt zurückzubringen, dann seid ihr nicht mehr mein Adressat. Dann habt ihr nämlich schon verschissen. Nehmt das bitte nicht persönlich, das ist halt nur die brutale Wahrheit. Ich bin für Klartext ohne Wenn und Aber. Man muss dem Schicksal ins Auge sehen und darf sich nicht davor verstecken. Das ist mein Motto auf meine letzten Tage hin: Bleib sauber und wehr dich!

Man hat`s ja schon schwer heutzutage als alter Sack. Wo du hinkommst, machen sie dir das Leben schwer. Und wo du nicht mehr hinkommst, da kommen die zu dir und machen dir das Leben zuhause schwer. Such dir in unserm Alter als ganz normaler Rentner mal eine altengerechte Wohnung in einer Großstadt wie Köln, Düsseldorf, Frankfurt, München, Hamburg oder Berlin. Wenn du Glück hast, kriegst du noch 22 m² im Souterrain. Das ist dann so ein Wohnschlafzimmer mit intrigierter

Küche und hinterm Raumteilervorhang sind die zwei Schüsseln, eine für zum Waschen, die andere für zum Kacken oder umgekehrt. Die darf man auf keinen Fall verwechseln. Jedes Mal, wenn du heimkommst, geht`s die Treppe runter in die Wohngruft. Da wirst du täglich dran erinnert, dass du eigentlich unter die Erde gehörst. Dafür musst du dann noch fünfhundert Euronen abdrücken, kalt natürlich. Oder du kriegst eine kleine Altbauwohnung im 5. Stock unterm Dach. Zwei Winzzimmerchen mit schrägen Wänden. Und der Wasserdruck im Bad und in der Küche ist auf genau 0,1 Atü, also ungefähr entsprechend deinem eigene Harnstrahl. Wenn du Pech hast, dann hat's auch noch die gleiche Farbe und riecht ein bisschen streng. Da brauchst du zum Duschen drei Stunden, aber das macht ja nix, als Rentner hast du ja Zeit. Im Sommer kommste dann bei praller Sonne locker auf an die vierzig Grad in der Bude. Das liegt an der gnadenlos modernen Dämmung. Einen Aufzug gibt's natürlich nicht, weil das Treppensteigen ja so gesund sein soll, hat der Makler dem Herbert vor Jahren schon gesagt. Geheizt wird natürlich noch mit Steinkohle. Die Kohle und die Briketts sind im Keller. Da musst du immer mit durchgedrücktem Kreuz durchs Treppenhaus tigern. Das sei gut für den Rücken. Der Herbert hat eine ausgezeichnete Körperspannung, sagt dem sein Doktor. Nur sein Rollator steht manchmal im Weg. Da könnt` ich verrückt werden, glaubt ihrs?

Wir Senioren aus'm Viertel treffen uns seit ein paar Jahren zum Stammtisch „Zum alten Simpel". Da ist im Winter gut geheizt und wir können den Ofen daheim aus lassen. Wir sitzen immer kurz nach dem Frühstück so gegen zwei Uhr bis manchmal bis in die Nacht, je nachdem, was für eine Tagesordnung wir haben. Ja, ihr habt richtig gehört. Wir sind nicht zum Spaß zusammen. Wir organisieren den Rentnerwiderstand im Viertel. Und wir sind erfolgreich. In den letzten zwei Jahren haben wir schon zwei Zebrastreifen und eine Ampel durchgesetzt. Wie wir das gemacht haben? Wir haben alle 22 Mann, darunter 5 Rollatoren und 7 Stöcke in der Hauptverkehrszeit morgens wie abends zu der Rushhour die verkehrsreichste Hauptstraße im Viertel mehrfach überquert, natürlich nicht auf einmal, sondern schön langsam im Abstand von 2 Minuten. Das Ganze auf 200 Meter gestreckt und leicht zeitversetzt. Und zwar in beide Richtungen, hin und her. Das hat ein richtiges Chaos gegeben. Mit Folgeerscheinungen bis ins Zentrum. Jedes Mal ist die Polizei gekommen und hat einzugreifen versucht. Aber wir sind ja als Senioren meist schwerhörig und da hat's halt einen Augenblick länger gedauert, bis wir verstanden haben, was die uns mitteilen wollten. Und weil wir das ja auch wieder bis zum nächsten Tag vergessen hatten - das Gedächtnis tut ja nicht mehr so richtig mit bei den alten Leuten - haben wir das wieder und wieder gemacht. Nach vier Wochen hatten wir sie dann im Sack. Der Verkehrsausschuss hat dann Zebrastreifen und Ampel eingerichtet. Uns hat das nicht viel gekostet: bloß ein bisschen Zeit und logistische Vorbereitung. Das Geschimpfe in der Leserbriefspalte in der Zeitung mussten wir aushalten. Das war nicht so schlimm. Ärgerlich war eigentlich nur, dass wir dabei zwei Mitstreiter verloren haben. Der Schorschi ist unter einen Laster geraten und der Karl-Heinz hat ´nen Infarkt auf der Straßenmitte gekriegt. Aber beide haben ein wunderschönes Begräbnis bekommen. Wir haben denen einen großen Kranz spendiert mit einer Schleife dran. Auf der hat gestanden: „Den Kavalieren von der Neustadt in seligem Gedenken – Eure senilen Freunde vom Alten Simpel"

Wir haben jetzt das nächste Projekt vor der Brust: Seniorengerechter Supermarkt. Jetzt, wo wir nur noch 20 sind, muss das gut durchorganisiert sein. Wir sind jetzt nur noch 4 Rollatoren und 6 Stöcke. Obwohl, der Frieder wollte jetzt auch vom Stock auf den Rollator umsteigen und der Berthold und der Kurt haben vor, am Stock zu gehen. - Also was ich sagen wollte. Im Supermarkt sind wir ganz arm dran, wir Senioren. Wenn du mit dem Rollator durch die engen Regalgänge musst, bleibst du oft irgendwo hängen, vor allem in der Kurve oder verschärft im Gegenverkehr. Wenn Rollator auf Rollator trifft, musst du Verhandlungstalent beweisen, andernfalls musst du am Ende selber den Rückzug antreten bis zum nächsten Quergang. - Oder bei den Waren selber. Der teuerste Krempel steht immer auf Brusthöhe. Da kommst du gut dran. Aber die preisgünstigeren Artikel stehen entweder ganz unten oder 30 cm über Kopfhöhe. Da bist du als Rentner mit einem kleinen Portmonee oft aufgeschmissen und greifst aus lauter Verzweiflung zum hochpreisigen Zeugs. -

Unser Plan geht so: Wir gehen natürlich wieder zur Rush-Hour innerhalb von ca 5-10 Minuten zeitlich versetzt nacheinander unauffällig zusammen mit gefühlten anderen fünf-hundert Kunden in den Supermarkt rein und packen uns den Wagen voll. Dabei fischen wir aus dem höchsten Regalfach mit dem Stock nach den Gläsern oder einer Flasche. Das führt natürlich nicht immer zum Erfolg. Da macht's schonmal „Klirr" und es wird ein wenig feucht auf dem Boden. Das untere Regalfach wird von uns mit dem Fuß bedient. Wir rücken das billige Mehl zurecht. Dabei hilft uns wieder der Stock. Leider kann's dabei passieren, dass ein wenig Mehl aus der Packung austritt. Jetzt ist man natürlich ein bisschen zappelig in unserm Alter und beim

Aufheben von dem Packet fliegt uns das aus der Hand und platzt. - Wenn man nun beide Vorgänge zielgerichtet koordiniert, also wenn das Gurkenglas aus dem 5. Stock runterfällt und zerspringt und kurz danach das Mehl aus dem Kellergeschoss … Also der Phantasie sind da keine Grenzen gesetzt. Aber wenn wir dann den ganzen Markt gleichmäßig auf diese Weise mit einem schlabberigen Brei aus Mehl, Zucker, Linsen, Gurken, Säften, Bier, Gries, Salz und Gewürzmischungen überzogen haben, dann kommt der Höhepunkt der Aktion: Alle Mann gleichzeitig zur Kasse, natürlich verteilt auf alle fünf Schlangen, je länger je lieber. Dann heißt es Fließbänder vollladen mit nicht abgewogenen Bananen, Äpfeln, losen Kartoffeln und so weiter. Da muss die Kassiererin sich halt dummerweise aus ihrem Verschlag herauswinden, damit sie sich zur Gemüsewaage in die entsprechende Abteilung am andern Ende des Supermarktes bei starkem Gegenverkehr durchkämpfen tut. Beim Scannen fällt dem vergesslichen Rentner noch flugs ein, dass er die Milch vergessen hat und er bedingt sich eine Auszeit aus. Spätestens dann wird nicht nur die Kassiererin unruhig, sondern auch noch die anstehende Kundschaft hinter dem Rentner. Das hilft aber nicht, denn die anderen Kameraden nehmen entschlossen die Verteidigung des armen Senioren auf. Ein Schimpfer wird mit solchen Worten wie: „Wollen Sie jetzt etwa bei diesem armen, alten, gebrechlichen Rentner noch ´nen Herzinfarkt **aus-lösen?**" oder „Das ist ein ganz klarer Fall von Seniorendiskriminierung! Pfui, schämen Sie sich!" - Und dann folgt der krönende Höhepunkt der Aktion, das *Copper-Picking*. Kennt ihr das? Also das ist, wenn du einen ganzen Sack voller Kupfercents in der Tasche hast und den ganzen großen Haufen, so ungefähr 20 € in Kupfergeld auskippst. Das passt natürlich nicht alles auf einmal auf den Bezahlteller. Du musst dich aber nicht selber bücken, das machen die mitleidenden Kunden aus erkennbarem Eigeninteresse. Krönen kann man des mit den Worten: „Ach Frollein, ich weiß doch, Sie brauchen dringend Wechselgeld. Da hab ich mal im letzten halben Jahr ein wenig für Sie gesammelt." Am besten fügen wir noch hinzu: „Ach Frollein, können Sie mal zählen, ich hab meine Brille zu Haus vergessen."

Wir sind schon bei der Planung im Winter: Senioren im Hallenbad.   Ihr glaubt gar nicht, wie gespannt wir sind. Und das Beste ist: Es ist nur halb so gefährlich wie unsere Verkehrsberuhigungsaktion. Ich sage nur: Wer sich nicht wehrt, der lebt verkehrt oder bald gar nicht mehr.

Aktion Schwimmbad

In unserem Stadtteil gibt es ein wunder-bares Hallenbad. Es war früher in städtischem Besitz, bis die städtische Haushaltslage so angespannt war, dass es eigentlich stillgelegt werden sollte. Eine Bürgerinitiative entschloss sich, das Bad in eigener Regie weiterzuführen und so die Einrichtung für die Bürger zu erhalten. Seither ist unser Bürgerbad spendenfinanziert und stets gut besucht. Unsere Stadtteilschulen belegen morgens das Bad und der Schwimmverein ist nachmittags und am Abend am Zug. Privatpersonen und da vor allem Seniorinnen und Senioren müssen irgendwie nebenbei mit-schwimmen, meist unter erheblicher Lärmbe-lästigung übrigens. Unsere Gruppe „Alternautiver Widerstand" hat leider nur noch eine Bahn zur Verfügung. Wir müssen in Reihe hintereinander schwimmen, weil für Gegenverkehr einfach kein Platz mehr ist. Erst wenn der letzte Senior, die letzte Seniorin am Ende der Bahn angekommen ist, geht es im Gänseschwarm wieder in die andere Rich-tung. Sind mehr als zwei oder drei Senior-*innen auf der Bahn, muss der/die Folgende(n) im Wasser bereits kurz vor dem Beckenrand im Wasser schwebend für einen Moment im Wendemodus auf gleicher Stelle verharren, um dann den Schwarm auf dem Rückweg anzuführen. So geht es in geordneter Formation einige Male hin und her. Die Schwachstelle dieses Verfahrens ist jeweils die Wendemarke. Meist kommt es schon etliche Meter vor dieser Marke zu einem veritablen Stau mit bisweilen unangenehmen Folgen. Wenn der Zeh des plötzlich langsamer werdenden voranschwimmenden Teilnehmers das Atemloch des/der Nachfolgenden blockiert oder der vorletzte Beinschlag im Bruststil zu einer Halswirbelstauchung bei dem oder der Nachfolgenden führt, weil der Beinschlag besonders treffsicher gegen die Stirn des/der Nachschwimmers (-in) gesetzt ist. Kurzatmig- sowie -sichtigkeit können zu weiteren Komplikationen führen. Auch Warnrufe helfen nicht immer, erfolgen sie doch entweder zu spät oder werden wegen Schwerhörigkeit gar nicht erst wahrgenommen. Wer ausschert und die Trainingsbahn des Schwimmvereins versehentlich kreuzt, riskiert nicht nur sein eigenes, sondern auch das Leben des Leistungssportlers. Sowas kommt gelegentlich vor, wenn der Senior oder die Seniorin starken Blasendruck verspürt, was den Harndrang derart verstärkt, dass unter kompletter Ausschaltung des Großhirns der direkte Weg zu den sanitären Anlagen angesteuert wird. Konflikte sind da geradezu vorprogrammiert und führen gelegentlich, wenn nicht zu körperlichen Auseinandersetzungen, so doch zu mindestens geräuschvollen und in Wortwahl nicht gerade zimperlichen Verbalinjurien. Das sind nur einige wenige Beispiele von vielen, welche die Dringlichkeit einer kreativen Lösung deutlich macht.

Auf unserer letzten Versammlung haben wir uns dann ausgiebig mit dem Projekt „Schwimmbad für alle" beschäftigt und entsprechende Maßnahmen beschlossen. Im Kampf um eine zweite Bahn während der Trainings- bzw. Schulzeit müssen wir plausibel machen, dass die Einbahnigkeit für Restgruppen im Hallenbad den Hallenfrieden gefährdet und überdies auch noch eine erhöhte Unfallgefahr hervorruft.

So haben wir „Alternautiven" uns zu folgendem Vorgehen entschlossen:

1. Alle vierzehn Mitglieder treffen sich um 17 Uhr im Hallenbad.
2. Besetzung der Duschen für eine gute halbe Stunde, um sich und andere in Stimmung zu bringen.
3. Beckenbesteigung und zunächst Schwarm-schwimmen in Reihe hintereinander in der vorgeschriebenen Bahn
4. Wegen Überfüllung der einzigen Bahn suchen wir notgedrungen die Nebenbahn auf und bilden zwei bis drei Beratungs-gruppen, welche im Becken mittig stehend

mit erhobener Stimme ihre Besprechung beginnen.

5. Nach zu erwartenden heftigen Protesten durch den Schwimmtrainer des Schwimmvereins sowie durch den hilflosen Bademeister wird die dritte Bahn auch noch entsprechend von uns besetzt, wobei alle anderen Badegäst*innen zum Mitdiskutieren aufgefordert werden, um nach einer gemeinverträglichen Lösung zu suchen.

6. Sollte sich nach einer weiteren halben Stunde kein vielversprechender Lösungsansatz andeuten, schlagen wir vor, einen Badeausschuss zu bilden, der sich jeweils eine Stunde vor Trainingsbeginn in der Dusche zusammenfindet.

7. Ein weiterer Ausschuss (Vorausschuss) ist einzurichten, der darüber befindet, in welcher Dusche und mit oder ohne Badebekleidung, der erste Ausschuss seine Sitzung im Stehen durchführt.

8. Sollte der Vorschlag zur Bildung jenes Badeausschusses nicht auf allgemeine Zustimmung stoßen, schlagen wir die Bildung eines Arbeitskreises am Wochenende vor, der dann Vorschläge für die Bildung einer noch zu bildenden Vorschlagskommission sammelt.

9. Dieselbe Vorgehensweise werden wir vormittags beim Schulschwimmen zur Anwendung bringen, wobei wir gegenüber dem Lehrpersonal betonen werden, dass unsere Maßnahmen nicht allein der sportlichen Ertüchtigung, sondern darüber hinaus auch noch als ein Projekt zur Förderung demokratischen Bewusstseins zu verstehen sind. Thema: Ziviler Ungehorsam im Kontext graswurzeldemokratischer Konfliktlösungsstrategien. (Ein weiterer Ausschuss in der Schule könnte sich im Rahmen einer Projektwoche mit neuen praktischen Übungsfeldern (Transferleistung!) und theoretischer Unterfütterung der selbsterfahrenen bzw. erschwommenen Lösungsansätze beschäftigen.)

10. Sollte wider unserer Erwartungen dieses wohldurchdachte Konzept nicht aufgehen, probieren wir es nach erfolgter Auswertung unserer Erfahrungen im nächsten Jahr noch einmal, eventuell unter Einbeziehung eines Rollstuhlfahrers.

Deutscher geht es auf keinen Fall!

Schnupperwoche in der Abenddämmerung

Neulich hab ich den Karl-Heinz getroffen. Der hat sich vor ein paar Wochen in die Seniorenresidenz „Abend-dämmerung" eingeloggt. Er hat mir erzählt, dass es dort richtig toll sei, wie im Fünfsternehotel. Da würdest du von vorne bis hinten bedient. Nur den Popo müsstest du dir noch selbst abputzen, sofern du das noch kannst. Das Essen sei allererste Sahne, das Frühstück mit Brötchen aller Art, Croissants, Vollkornbrot, Ei gekocht und gerührt, mit oder ohne Speck, Quark, Wurst- und Käseaufschnitt, Müsli, Orangensaft, Tee und Kaffee, Joghurt und ein Gläschen mit Corega-Tabs. Alles dabei. Mittags ein Dreigänge-Menü. Nachmittags Kaffee und Kuchen und abends alles, was das Herz begehrt und dazu ein Schöppchen Rotwein oder ein Fläschchen Bier, wenn man will. Die Zimmer seien groß genug und mit Nasszelle ausgestattet. Ein kleiner Balkon mit Blick ins Grüne ist auch dabei und die Möblierung sei praktisch und formschön. Und an den Wochenenden erst, da sei Karaoke-Singen, eine Dia- oder Filmvorführung und Heimatliedersingen zusammen mit dem örtlichen Gesangverein „Beutelberger Singdohlen". Unter der Woche gäb's dann Bastelstunde oder Strickkreis und wer wolle, der könne sich auch zum Einkaufen oder Spazierengehen in die Stadt kutschieren lassen. Da käme keine Langeweile auf. Ob ich mir das auch mal anschauen wolle, hat er mich gefragt. Es gäbe da so kurz vor Weihnachten ein Angebot. Er hat mir dann einen Flyer in die Hand gequetscht. Da stand was drauf von wegen Schnupperwoche in der „Abenddämmerung". Ich hab erstmal abgewunken und dabei dran gedacht „Name = Programm", aber dann hab ich mich doch überreden lassen und mich dort angemeldet.

Die Begrüßung durch das Empfangskomitee bei Sekt und Orangensaft war sehr freundlich, wir waren zu zehnt, zwei Männer und acht Frauen. Alle so zwischen 74 und 92, aber noch rüstig. Das Gepäck wurde uns abgenommen, wir bekamen die Zimmerschlüssel ausgehändigt und dann ging's gleich in den Filmvorführraum. Dort gab's einen Film über die Geschichte und die Vorzüge des Hauses und wo man was findet. Dann folgte die etwa zweieinhalbstündige „Haben-Sie- noch – Fragen?" - Phase. Dafür hatte man extra ein paar ausgesuchte Insassen angekarrt. Jetzt wäre eigentlich ein Päuschen gut, dachte ich so bei mir, und außerdem war mir nach Drei-Gänge-Menu mit anschließendem Mittagsschläfchen zumute. Aber damit war nix. Wir wurden nun von den auserlesenen Residenten durch die ganze Anlage getrieben. Sie versuchten uns ausgiebig die Vorzüge des Hauses nahezubringen. Mir hing der

Magen schon auf halb sechs, hatte ich doch seit dem Frühstück keine feste Nahrung mehr zu mir genommen. Inzwischen war es schon zwei Uhr und leider zu spät fürs Mittagessen. Aber zum Kaffee um drei würden wir es sicher noch schaffen, versicherte man uns. Unsere Aufnahmefähigkeit war schon seit ungefähr zwei Stunden erschöpft, also genau der richtige Zeitpunkt, um mit uns den Speiseplan durchzugehen und das Unterhaltungsprogramm der Woche, mit ausgiebigen Kommentaren versehen, vorzu-stellen. Wegen der Adventszeit war alles auf das bevorstehende Weihnachtsfest ausgerichtet. Ich will hier nicht aufführen, was uns da alles angedroht worden ist. Ich habe auch nicht alles behalten, ehrlich gesagt.

Dann endlich, endlich gab's Kaffee und Kuchen. Der Kaffee machte einen sehr bodenständigen Eindruck, jedenfalls war der Tassenboden noch sehr gut zu erkennen. Und der Kuchen bestand aus einer gut abgehangenen, amorphen, gleichmäßig durchfeuchteten Streuselmasse, sehr gut geeignet für Senioren mit schwachem Kauapparat. Der Geschmack war ähnlich amorph wie die Gestalt des Gebäcks. Macht nix, dachte ich mir, im Magen kommt eh alles zusammen. Ein zweites Stück war offenbar nicht vorgesehen, damit wir noch genügend Hunger für das Abendbrot hätten, wie man uns mitteilte. Immerhin gab es noch eine zweite Tasse von dem, was man in diesem Haus so Kaffee nannte. „Trinken Sie noch ein Tässchen, Sie wissen doch, wie wichtig das Trinken im Alter ist!"

Jetzt durften wir endlich auf unsere Zimmer. Die Beschreibung des Wegs dorthin hatten die meisten von uns schon wieder vergessen, aber ich fragte mich durch und nach einer weiteren halben Stunde hatte ich nach 6 Fehlversuchen mein Ziel schließlich auch noch gefunden. Mein Fehler vorher war, ich hatte beim Fragen zu wenig drauf geachtet, wen ich angesprochen hatte. So landete ich bei jedem Fehlversuch stets vor dem Zimmer des oder der befragten Betagten.

Zum Zimmer kann ich eigentlich kaum etwas sagen. Es war zweckmäßig eingerichtet und man hat auch für die Atmosphäre etwas getan. Auf dem kleinen Tischchen stand eine Vase mit einer roten Amaryllis drin, von Tannengrün flankiert. Die Blüte in leuchtendem Rot, die Tannenzweige in irrealem Grün. Vase und Inhalt waren wartungsarm, benötigten kein Wasser und waren wiederverwendbar, weil verblühungsresistent, wie das bei Plastikblumen nun mal so ist. Das Licht war - dem Namen des Hauses angepasst - leicht dämmerig dimmbar. Alles tipp-topp sauber. Ich war mit dem Tagesverlauf bis dahin beinahe schon wieder versöhnt.

Nachdem ich den Koffer ausgepackt und die Wäsche ihren Weg in den Kleiderschrank gefunden hatte, klingelte das festinstallierte Schnurtelefon. Es meldete sich die freundliche Anstaltsleiterin und bat höflich, aber mit einer keinen Widerspruch duldenden Stimme zu Abendtisch - um halb sechs! Man traute mir also zu, dass ich bis zum Speisesaal etwa eine Stunde brauchen sollte, vermutete ich. Aber das war ein folgenschwerer Irrtum. Meine Deutung des Anrufs signalisierte mir, dass ich mindestens noch eine Stunde Zeit, wenn nicht deutlich länger haben sollte, um mein Abendbrot zu zelebrieren. Also ließ ich mir entsprechend Zeit, sah noch wie üblich meine vorabendliche Fernsehserie zu Ende und bewegte mich so ganz allmählich zum Schauplatz des angepriesenen, fulminanten Erlebnismahles. Dort angekommen, welch große Überraschung: Kein Senior weit und breit. Dafür drei jüngere Frauen mit Eimerchen und Wischtüchern bestückt, welche die Tische abwischten. Als ich mein Abendessen einforderte, gab es nur verständnisloses Kopfschütteln und die Bemerkung: „Tja, da hätten Sie vor einer Stunde kommen sollen, da war noch ein wenig übrig. Aber wenn Sie Glück haben, dann hat unser Kiosk im Keller noch auf. Die machen manchmal ein paar Minuten länger, als sie offiziell müssen. Ich also sofort runter gesprintet. da kam mir die Frau vom Kiosk schon entgegen mit einem freundlichen.: „Und morgen ist ja schon um 9 Uhr wieder jemand ganz für Sie da."

Der Fahrplan an der Bushaltestelle eine halbe Stunde später zeigte an, dass zwar noch ein Bus in die Stadt hineinfuhr, zurück jedoch nur noch der Nacht-express um 1:15 Uhr in Frage käme. Da entdeckte ich bei reichlich gedrückter Stimmung auf dem Rückweg von der Haltestelle zur Anstalt noch ein Hinweisschild an der Straße, das mich noch einmal hoffen ließ, doch noch etwas Essbares aufzutreiben. Auf dem Schild zeigte ein Pfeil nach links in eine Landstraße, verbunden mit dem viel-versprechenden Hinweis auf ein Lokal namens „Waldgasthof zum wilden Eber" und der Ent-fernungsangabe 1,5 Kilometer. Inzwischen stand die Uhr auf viertel nach acht. Frische Luft tut gut, dachte ich mir, und außerdem steigert der kleine Spaziergang den Appetit, den ich ja eh schon hatte. Nun begann es zu meinem Verdruss auch noch zu regnen und ich hatte natürlich meinen Regen-schirm nicht dabei. Ein längerer Spaziergang war ja ursprünglich auch nicht geplant gewesen. So machte ich mich also auf den Weg durch das unbeleuchtete Gelände und in großer Neugierde, was die Speisekarte wohl anzubieten haben würde. Es war recht einsam um mich herum und der Mond war wetterbedingt in dieser Nacht nicht meine Laterne. So trottete ich nun die Landstraße entlang und hangelte mich von Pfütze zu Pfütze dem „wilden Eber" entgegen.

Keine Sau war zu sehen, als von hinten ein Lichtkegel meinen Rücken erfasste und mir in schnellem Tempo folgte. Dann erfolgte der erwartete Überholvorgang von hinten. Das Positive vorneweg: Die Autoscheinwerfer ließen mein Ziel in der Ferne am Waldesrand erkennen. Es war nicht mehr weit, vielleicht noch so 400 Meter. Das Negative: Beim Überholen durchquerte der PKW mit hundert Sachen eine üppige Pfütze genau auf meiner Höhe. Der Erfolg war so überwältigend wie durchdringend. Die Fontäne hatte mich der Länge und der Breite nach voll erfasst. Ich redete mir ein, dass das ja nichts mehr ausmachte, weil ich ja eh durch den allmählich immer stärker werdenden Regen gehen musste.

Frierend ging ich weiter mit zu 90% wassergesättigter Kleidung auf das Gasthaus zu. Die Beleuchtung am Haus war überaus spärlich, was nicht etwa daran lag, dass die Wirtsleute besonders ökologisch motiviert gewesen wären, sondern schlicht daran, wie mir ein Blick auf den neben der Tür im Schaukasten ausgestellten Speiseplan verriet, dass ausgerechnet heute Ruhetag sei. Zwei Laute entwichen in diesem Augenblick meinem Gesicht: Zuerst ein resigniertes leises Stöhnen und hernach ein gebrüllter Fluch, dessen Wortlaut ich hier nicht wiedergeben möchte.

Nach kurzem Verharren und Tränen in den Augen trat ich den Rückzug an. Da kam mir ein zündender Gedanke: Mensch, es gibt doch bestimmt in der Nähe noch einen Pizzadienst. Wenn ich jetzt mit meinem Handy eine Pizza bestelle, dann kommen wir vielleicht zeitgleich in der Anstalt an und alles wird gut. Ich fand das überraschend unversehrte gebliebene Handy zeitnah und googelte nach einem entsprechenden Pizzadienst. Schon der Versuch, den Browser zu öffnen schlug jedoch fehl. Funkloch! Ich musste es also zuerst bis in die Nähe der Anstalt schaffen, um wieder Empfang zu haben. Damit ich schneller vorankäme, nutzte ich das Handy als Taschenlampe, auch um damit größere Pfützen rechtzeitig erkennen und umgehen zu können. Bald hatte ich auf einmal tatsächlich zwei Balken auf dem Gerät und unternahm sogleich einen dementsprechenden zweiten Versuch. Hatte alles gut geklappt, ich hatte einen Pizzadienst gefunden, eine Pizza ausgesucht und war gerade im Begriff, den verheißungsvollen frommen Wunsch zu versenden, da ertönte eine alle Hoffnung vernichtende Botschaft meines Handys. „Bitte sofort an das Ladekabel anschließen, das Gerät schaltet sich in Kürze automatisch ab." Das tat es dann letztlich auch und zwar noch, bevor ich meine Botschaft auf den Weg bringen konnte.

Immerhin waren es inzwischen nur noch wenige Schritte bis zum Eingang in die „Abenddämmerung" und dort würde sich vielleicht doch noch eine Möglichkeit ergeben, etwas Essbares zu organisieren. Ich schaute auf das inzwischen beschlagene Zifferblatt meiner Armbanduhr und sah, dass es erst kurz nach zehn war, genau 22:02 Uhr. Der überdachte Eingang bot ein wenig Schutz vor dem Starkregen, zu dem sich in der letzten Stunde noch ein ausgewachsener Starkwind hinzugesellt hatte. Ich ging schnurstracks auf die Eingangstür zu, die sich normalerweise wie von Geisterhand angetrieben zur Seite bewegt und den Weg freigibt, um sich wenige Sekunden später hinter dem Eingetretenen wieder zu verschließen. Nass und durchfroren trat ich mit forschem Schritt auf die Glastür zu und musste zu meinem Leidwesen innerhalb von Sekundenbruchteilen jedoch feststellen, wie sich Sicherheitsglas anfühlt, wenn es mit einem menschlichen Riechorgan plötzlich in heftige Berührung gerät. Verdutzt nahm ich erneut Anlauf, aber da war der Alarm schon ausgelöst worden. So brach ich mein Vorhaben umgehend ab und verharrte verwirrt einige Momente zu lange vor der Tür. Ich bin erst wieder so richtig zu mir gekommen, als der Krankenwagen vorgefahren war und mich zwei weiß

gekleidete Gestalten energisch an den Armen packten. Ich hörte mich dabei weinerlich stammeln: „Ich
wollte doch nur zum Abendessen gehen."

Alzheimliche   Erinnerung

Es geschah dereinst wohl im November

Vielleicht war's auch erst im Dezember.

Gewiss doch war's im Maien nicht,

denn es herrscht' winterliches Licht.

Drum war's auch keinesfalls im Märzen,

und dennoch ging's mir sehr zu Herzen.

Wär's erst im Januar gewesen,

ich hätt' bestimmt davon gelesen.

Im Februar war's viel zu kalt

und außerdem geschah's im Wald.

Auch im April ist's nicht geschehen,

ein Frühlingswind wollt' noch nicht wehen.

Nein, auch im Juli konnt's nicht sein,

es war nicht schwül, die Luft war rein.

Der Juni kommt auch nicht infrage,

der hat ja viel zu lange Tage.

Altweibersommer? - Fehlanzeige!

Der Spinnen Netz spielt' keine Geige.

Oktober, wenn man liest den Wein,

konnt's auch nicht erst gewesen sein.

Bleibt nur noch übrig der August,

doch damals hatt' ich keine Lust.

Gleichwohl, es ist nun mal geschehen,

im Wald war's, irgendwas mit Rehen.

Vielleicht doch war es auch ein Hirsch,

in jedem Fall war's auf der Pirsch.

Wer's nicht erlebt', kann's kaum ermessen….

- - - - - - - - -

Den Rest? - hab leider ich vergessen.

Partnersuche eines Problembären

Wenn man wie ich als eigentlich geselliger Mensch so in die Jahre gekommen ist, dann kann es schon mal vorkommen, dass man des Alleinseins müde geworden ist und den Zustand des Single da-seins beenden möchte. Also entschloss ich mich, eine Veränderung herbeizuführen.

Ich entschloss mich also, nach einer liebevollen Partnerin zu suchen, die ähnlich wie ich des Alleinseins müde war. Zuerst versuchte ich es mit der Ü-70 Party in der nahegelegenen Tanzschule „Hüpfburg". Ich erinnere mich noch sehr gut an die erste Veranstaltung. Ich betrat den Tanzsaal und erblickte dort ein Überangebot an knackigen Seniorinnen, denen eine sehr überschaubare männliche Teilnehmerschar gegenübersaß. Ich schätze das Verhältnis auf 1:4, also auf einen Herrn kamen vier Damen. Meine Zuversicht war enorm und ich war mir ziemlich sicher, dass eine passende Dame doch wohl zu finden sein sollte. Ich nahm hoffnungsfroh Platz und wartete geduldig auf das Startsignal zu passender Musik.

Los ging es mit einem langsamen Walzer und der Moderator forderte die Damen auf, einen Mann herauszufordern. So hatte ich mir das nicht vorgestellt. Nach meinem marktwirtschaftlich geprägten

Grundverständnis waren Männer eindeutig Mangel- ware und das sollte sich doch bei der Preisge- staltung zu unserem Vorteil auswirken. Bei hoher Nachfrage und knappem Angebot steigt der Preis, das weiß doch jedes Kind, auch ohne solide Halbbildung. Der Moderator schien an den Mienen der anwesenden Herren die Gedanken abgelesen zu haben, denn er fügte erläuternd hinzu: „Wissen Sie? Sie sehen ja selbst, dass hier bedeutend mehr Damen als Herren sitzen und da wäre es doch unfair, wenn die Herren sich die Rosin*innen herauspickten, während die meisten Damen im wahrsten Sinne des Wortes sitzenbleiben müssten. Darum machen wir das so, dass nach jeder Musik- phase, das sind drei bis vier Musikstücke, andere Damen zum Zuge kommen." Wir Männer machten gute Miene zum bösen Spiel und fügten uns notgedrungen.

Meine erste Herausforderin war nur schwer zu umfassen. Sie war kaum zu bremsen und ihre Trefferquote an Schienbein und Schuhen war beachtlich, aber gerade noch erträglich. Was mich dagegen sehr störte, war ihr ununterbrochener Wortschwall, der sich von schräg unten über Kinn und Gesicht bis zu den letzten Haarspitzen über mich ergoss. Dieser Geräuschvulkan versiegte allmählich gegen Ende des vierten Tanzstücks. Zeit zum Wechsel nach einer kurzen Trinkpause. -

Kandidatin zwei war das krasse Gegenstück zur ersten. Sie war extrem dünn, mindestens zehn Zentimeter größer als ich und hatte ein wenig streng wirkende Gesichtszüge mit Habichtblick, trug einen extremen Kurzhaarschnitt und ließ einen leichten Vorbiss erkennen. Aber sie roch trotzdem nach einem Gemisch aus Achselschweiß und Veilchenduft. Ihre Tanzkünste waren nicht wesentlich besser als bei der ersten, aber sie war wenigstens eher wortkarg. Auch bei ihr stellte sich das spärliche Gespräch beim vorletzten Musikstück gänzlich ein.

Dann passierte etwas Merkwürdiges. Nach der viertelstündigen Tanzpause ging es dann mit einem feurigen Tango weiter, jedenfalls für die anderen Herren. Für mich schien sich keine Dame mehr zu interessieren. Ich fühlte mich darob ziemlich mies, hatte ich mir doch alle Mühe gegeben, durch schicke Kleidung, Frisörbesuch und Inanspruchnahme einer Sonnenbank mein äußeres Erscheinungsbild zu optimieren. Daran konnte es also nicht gelegen haben. In der folgenden Tanzpause wechselten zwei meiner Tischgenossen den Platz, und als der dritte sich anschickte, auch von mir abzurücken, fasste ich mir ein Herz und fragte rundheraus, was der Grund für diese Fluchtbewegung sei. Der Angesprochene druckste zuerst ein wenig verlegen herum, war dann aber doch bereit, mir das Geheimnis wenigstens andeutungsweise zu enträtseln. „Sie umgibt eine etwas ungünstige Aura." Und da ich ihn weiterhin fragend anblickte: „Sie flatulieren ein wenig." Ich reagierte verwirrt, weil ich ihn nicht verstand, zahlte und verließ fluchtartig das Lokal.

Zu Hause setzte ich mich an den PC und recherchierte die genaue Bedeutung des Wortes „flatulieren". Das Ergebnis war gleichermaßen ernüchternd wie erschreckend. Die Damen waren also aus Gründen ihres empfindlichen Geruchsinns auf Distanz gegangen.

In den folgenden Wochen holte ich mir ärztlichen Rat, stellte danach die Ernährung komplett um und deckte mich mit allerlei wohlriechenden Wässerlein und Körperpflegeprodukten ein. Aber

das Problem konnte leider auch dadurch nicht nachhaltig gelöst werden. – Nach einer länger andauernden Reflexionsphase und Isolation, begünstigt durch die Coronakrise, fiel mir schließlich nur eine Möglichkeit ein und so gab ich eine Kontaktanzeige mit folgendem Wortlaut auf:

*Seriöser normalbegabter Frühsiebziger im aktiven
Ruhestand ist des Alleinseins müde und sehnt sich
nach einer liebevollen Partnerin. Ich bin naturver-
bunden, daher geruchsunempfindlich und suche
gleich-empfindendes weibliches Pendant. Long-
Covid-Schädigung bzgl. Beeinträchtigung nasaler
Grundfunktionen stellt kein Hindernis dar. Eine
Flatulenzneigung findet wohlwollenden Respekt
und Anerkennung. Das Tanzbein muss nicht
unbedingt geschwungen werden und darf im
Ruhemodus verbleiben. Bin aber dennoch bereit,
auf Wunsch den Tanzboden aufzusuchen, sofern
Schienbeinschoner oder Sicherheitsschuhe mit
Stahlkappe verfügbar.*

*Zuschriften bitte unter dem Zeichen XYZ 1534
Stichwort „Veilchenduft"*

Bin mal sehr gespannt auf die Zuschriften und hoffe
darauf, dass ich mit der Qual der Wahl zurecht-
kommen werde.

Teil III:

Für jede Frage das passende Problem

Er ist wieder da

Es ist acht Uhr morgens. Im Sommer war es um diese Zeit einigermaßen ruhig in der Siedlung. Der Berufsverkehr war durch, die Schulkinder ebenso wie die KiTa-Kinder waren gut behütet in den entsprechenden Bildungseinrichtungen untergebracht. Die Rentner bereiteten ihr Frühstück vor, um sich erst später zum Hausarzt oder zum Supermarkt in Bewegung zu setzen. Im Frühjahr war das ähnlich und im Winter störten allenfalls nach Schneefall die schabenden Geräusche des einen oder anderen Schneeschiebers die morgendliche Stille. Aber nach Herbstbeginn bis weit hinein in den Oktober ist das leider komplett anders, und zwar brutal anders. Gegenüber von unserem Einfamilienhaus gibt es vier Garagen und davor ist eine Stellfläche für parkende Autos. Nebenan gibt es einen großen und sehr schönen Spielplatz, der mit Laubbäumen und Sträuchern reichlich bestückt ist. Und dort liegt die eigentliche Ursache des Problems, von dem ich erzählen will. Bäume und Sträucher haben nämlich schon seit Ewigkeiten die Angewohnheit, ihr Blattwerk ab Ende September im Laufe einiger Wochen abzuwerfen. Leider haben diese Geschöpfe keinen Plan, diesen Vorgang wohlgeordnet durchzuführen. Im Gegenteil, es geschieht alles vollkommen chaotisch, tagsüber und auch nachts. Mal fallen die Blätter senkrecht zu Boden und bedecken dort das Gras unter den Bäumen, bisweilen aber treibt sie ein rühriger Wind in die Weite der Nachbarschaft und breitet das Laub in Gärten, Vorgärten, auf Bürgersteigen, Straßen und regelmäßig sogar in Dachrinnen und Gullys aus. Das wiederum ist aus verschiedenen Gründen ein Ärgernis. Grenzen verschwinden unter dem Laub, Abflüsse verstopfen und die farblich dem Herbstlaub meist verblüffend angepassten Hinterlassenschaften mancher besten Freunde des Menschen werden unsichtbar, weil sehr gut getarnt. Es ist damit unstrittig, dass Mensch nun wieder Ordnung ins herbstliche Chaos bringen muss und auch will. Das ist hauptsächlich Männerarbeit, denn im Haus ist traditionell die Frau zuständig, außerhalb der Mann. Das ist schon seit Jahrtausenden so und auch die Frauenbewegung hat an diesem Sachverhalt bis heute nicht viel zu ändern vermocht. Und da genau fängt das eigentliche Problem an. Ein echter Mann ist ursprünglich von Natur aus auf zwei Bereiche fixiert: Handwerk und Krieg. Für die Ausübung eines Handwerks braucht er Werkzeug, für die Kriegsführung Waffen. Beides ist eng mit-einander verwandt. Man merkt das vor allem auch am Sprachgebrauch, wenn vom Kriegshandwerk die Rede ist. Vor vielen Jahrtausenden wurde das Kriegshandwerk mit Hieb-, Stoß- und Schlagwaffen ausgeführt, ergänzt vielleicht noch durch spitzes und scharfes Schneidwerk, sprich Messer oder Dolch. Der Krieg gegen das Laub wurde lange Zeit mit langstieligen Geräten geführt, nämlich durch mit metallenen Zinken bewehrte Laubbesen oder Rechen. Eine gewisse physiognomische Ähnlichkeit mit dem Kriegsgerät Lanze oder Hellebarde lässt sich nicht bestreiten. Der Gebrauch dieser Werkzeuge erzeugt durchaus von manchem Zeitgenossen als störend empfundene knarpschende Geräusche, ist aber harmlos, verglichen mit einer relativ neuen Errungenschaft der Technik, dem Laubbläser. Das ist nicht, wie man vielleicht meinen könnte, ein musikalisch begabter Instrumentalist, der mit den von ihm erzeugten harmonischen Klängen die Herzen der Zuhörer verzaubert und in deren Innerstes vorzudringen vermag. Nein, es ist ein Gerät, ein Instrument, nein eine Waffe, die von einer Person, übrigens immer einem Mann, betätigt wird und im Gegensatz zu einem Musikinstrument weder fleißiges Üben, noch viel Geduld, sowie keine Spur Fingerfertigkeit voraussetzt, damit am Ende ein harmonisches Ganzes entsteht. Von Intellektuellen Voraussetzungen müssen wir an dieser Stelle nicht sprechen, denn es gibt sie nicht. Um einen Laubbläser zu bedienen, braucht es keinen Funken Verstand, keine Übung, keine Fingerfertigkeit, nicht einmal ansatzweise ein Empfinden für Ästhetik. Es reicht, wenn Mann seine niedrigsten Instinkte mobilisiert und der

Adrenalinpumpe freien Lauf lässt. Ähnlich wie bei einem Autorennen. Mag sein, dass auch die Prostata dabei noch ein Wörtchen mitzureden hat. Wenn er nun den Anlasser mithilfe einer Kordel durch kraftvolles Reißen betätigt, ergeben sich zwei unmittelbare Folgen. Zum einen entweicht dem Gerät eine blaue, stinkende Abgaswolke und zum anderen erhebt sich ein grässliches, lautes Geräusch, als ob ein Waldarbeiter seine Motorsäge anschmeißen würde. Der Waldarbeiter übrigens braucht dafür so eine Art Führerschein und muss vorher qualifiziert werden. Und noch einen großen Unterschied gibt es zum Waldarbeiter: Er übt eine schöpferische Tätigkeit fernab der Zivilisation aus, wo er keinen Menschen stört. Die Holzernte ist übrigens, und das ist in diesem Kontext sehr bemerkenswert, ein echter Wirtschaftsfaktor. Ohne Holzernte keine Möbel, um nur ein Beispiel zu nennen. Lediglich den Geräuschpegel von bis zu 115 db haben beide gemeinsam, mehr aber auch nicht. Einen tieferen Sinn hat das Arbeiten mit Laubbläser übrigens nicht, sieht man mal davon ab, dass man mit dem Erwerb eines solchen Geräts den Konsum anheizt. Vor ein paar Jahren gab es mal den Versuch, einen Laubbesen gegen einen Laubbläser antreten zu lassen. Vergleichskriterien waren die Faktoren Zeit, Gründlichkeit und Handhabung. Wer hat da wohl gewonnen? Ihr ahnt es und ihr habt recht: Der Laubbesen war in zwei von drei Disziplinen besser.

Was kann man nun aber als friedliebender Nachbar tun, wenn man durch eine Laubbläserattacke massiv gestört, als herzkranker Mensch sogar gefährdet wird. Mit einem Mann zu diskutieren mit dem Ziel, dass er die Attacke umgehend einstellt, ist vollkommen sinnlos. Er hat die Spielzeugwaffe ja schon bezahlt und nun will er sie auch benutzen. Das ist zwar ganz legal, aber auch rücksichtslos, gleichwohl nachvollziehbar, weil es immerhin einer gewissen Logik folgt. Aber klein beizugeben ist natürlich auch keine Lösung. Ich empfehle daher eine andere Methode: einfach mitspielen! Männer sind meist sportliche Gesellen und begeisterungsfähig. Ihr müsst also ihren Spieltrieb ausnutzen. Ohne materiellen Einsatz geht es allerdings nicht: Mein Vorschlag lautet:

1. Beschafft euch selber einen Laubbläser, am besten den lautesten, den ihr auftreiben könnt.

2. Legt euch mit diesem aufreizenden Spielgerät gut getarnt so kurz vor acht auf die Lauer.

3. Wenn dann der Laubbläserangriff des feinsinnigen Nachbarn mit brüllendem Getöse und bestialischem Gestank erfolgt, wartet ihr geduldig ab, bis der emsig Tosende einen komfortablen Laubhaufen zusammengeblasen und auf einen soliden Berg zusammengehäufelt hat.

4. In einem unbeobachteten Moment kommt ihr flugs aus der Deckung, werft schnell das eigene Gerät an, stellt es auf volle Lautstärke und richtet den Rüssel voll auf das Zentrum des zuvor zusammengeblasenen Haufens.

Ich garantiere einen umwerfenden Erfolg. Viel Glück bei der Umsetzung. Übrigens ist das Tragen einer Vollgesichtsmaske nicht nur wegen Corona[1] sehr zu empfehlen.

---

1)   Der Text entstand 2020

Sind Katzen die besseren Kerle?

Diese Frage ist sehr berechtigt und die Antwort auf diese Suggestivfrage liegt eigentlich auf der Hand. Ich will hier trotzdem einmal von einem ganz neutralen Standpunkt aus ein paar Gründe zusammentragen, welche die in der Frage enthaltene These überzeugend stützen.

1. Kater schnurren und tragen so zur Beruhigung nervöser Menschen bei. Wenn Menschen schnurren, so ist eher ein Arzt vonnöten.

2. Sie schnarchen längst nicht so laut wie die Partnerin mit dem Kerl nebenan im Bett.

3. Sie haben wunderschöne Augen, selbst ungeschminkt! Damit verzaubern sie uns. Dem männlichen Auge hingegen wohnt sehr selten ein Zauber inne, auch wenn es bisweilen durch äußere Fremdeinwirkung mit einem blauen oder violetten Saum umrandet ist.

4. Sie sind viel zuverlässigere Spinnen- und Kakerlakenjäger als jeder Mann, der dieses Ungeziefer nicht mal verspeist oder rückstandsfrei entsorgt, falls er es erwischt.

5. Stubentiger sitzen oder liegen liebend gerne mit ihrem weichen Fell auf unserem Schoß

und wärmen den Kerl. Das sollten wir uns bei unseren Frauen mal erlauben!

6. Dem Teppichtiger reicht ein kleines Stück Teppich im Wohnzimmer für das große Glück, während der Kerl gleich ein ganzes Fußballfeld braucht, um sich auszutoben.

7. Kater lecken ihren Fressnapf nach jeder Mahlzeit blitzblank sauber, während Kerle es eventuell gerade einmal schaffen, das eingesaute Geschirr in die Spülmaschine zu stellen, um es dort ohne persönliches Engagement abspülen zu lassen.

8. Kerle verehren, wenn überhaupt ein Tier, eher Häschen als Kater, obwohl Letztere es viel eher verdient hätten. Ob ein Teppichtiger überhaupt Menschen an sich verehren kann, ist noch nicht sicher erwiesen, aber es gibt starke Hinweise darauf.

Soweit die Gründe pro Kater. Aber gibt es auch Contra-Argumente? – Ja die gibt es wirklich:

1. Kater sind nicht in der Lage, eine Zeitung zu apportieren, einzukaufen oder den Müll runterzubringen. Kerle dagegen bisweilen schon.

2. Sie können, ganz im Gegensatz zu einem wohlerzogenen Hund oder Kerl auch keinen Notruf absetzen, falls Mensch mal eine Herzattacke erleidet.

3. Kater beherrschen, ganz im Unterschied zu den bisweilen gebildeten Kerlen, keine Fremd-sprache perfekt und können weder telefonieren noch selbständig ins Internet gehen. Sie können allenfalls auf einer Tastatur sinnlose Impulse setzen. Letzteres wird über nicht wenige Kerle allerdings auch behauptet.

4. Kater verursachen beim Menschen Kopf-schmerzen und Übelkeit.

Ihr seht schon auf den ersten Blick: Der Kater hat doppelt so oft die Nase vorn. Klare Sache also. Wir wissen nun, dass Kater ganz offenkundig weit überlegen sind.

Aber wie das mit Katzen aussieht, das wissen wir deshalb noch lange nicht!

Summer in the City

Wer Mitte Juli in das Zentrum einer Großstadt geht, ist erstens selber schuld und zweitens meist ziemlich allein in der Fußgängerzone. Also nicht ganz allein. Da gibt es schon noch ein paar andere Fußgänger. Aber es sind eben deutlich weniger Leute dort unterwegs als zum Beispiel im September oder im Frühjahr. Woran das liegt? Nun, die meisten Stadtbewohner sind zu dieser Jahreszeit im Urlaub und das heißt zum Beispiel in Kroatien, in Spanien oder in Griechenland. Die es nicht so heiß mögen, fahren nach Holland oder nach Dänemark. Manche allerdings zieht es ganz weit weg, zum Beispiel in die DomRep, nach Australien oder nach Brasilien. Ein paar ganz wenige sehr Reiche fliegen mit einer Rakete für ein paar Minuten in den Weltraum und andere Todesmutige zieht es mit dem Tauchboot in die Tiefen des Marianengrabens. Alle haben eines gemeinsam: Bloß weg von hier!!!

Warum ist das so? Gefällt es ihnen zu Hause nicht mehr? Wovor fliehen sie? Was ist das für ein sonderbarer Trieb, der sie forttreibt? Es ist doch sehr seltsam, denn so eine Reise mit Partner/in und womöglich noch Kindern ist nicht mal eben so auf die Beine zu stellen. Es bedarf sorgfältiger Planung, beispielsweise Recherchen im Internet, Einkauf bequemer Sommerbekleidung, einen Haufen organisatorischer Maßnahmen wie zum Beispiel Sicherstellung der Betreuung und Versorgung von Katze, Meerschweinchen, Blumen auf dem Balkon und Oma. Listen müssen geschrieben werden, wo draufsteht, was man unbedingt mitnehmen, gegebenenfalls noch kaufen muss, wer unbedingt eine Ansichtskarte kriegen muss, weil er noch kein Smartphone besitzt (z.B. Oma, Onkel Hartmut, Tante Gudrun usw…), wer die Zeitung abbestellt, usw. Vieles muss überprüft werden, zum Beispiel die Gültigkeit des Persos bzw. des Reise-passes, oder ob die Reifen des Autos noch genügend Profil haben, der Ölstand noch ausreichend ist, oder wer die Fahrt zum Flughafen übernimmt, ob die Koffer das erlaubte Gewicht nicht überschreiten, ob das Schlauchboot noch und das Kleinkind schon dicht ist und vieles mehr. Diese Liste kann unendlich lang werden, wie ich aus eigener Erfahrung weiß. Und das Blöde ist, dass sie sich am Ende immer als unvollständig erweist. Irgendwas hat man immer vergessen aufzuschreiben. Letztes Jahr zum Beispiel hatten wir es übernommen, bei unseren Nachbarn das Reihenhaus einzuhüten, während sie sich an der kroatischen Mittelmeerküste zu erholen versuchten. Nach zwei Wochen stank es auf unsere Veranda herüber, dass es nicht auszuhalten war. Auch die anderen Nachbarn waren ziemlich stinkig und forderten uns schließlich auf, einmal nach dem Rechten zu sehen, denn sie wussten, dass wir den

Hausschlüssel hatten. Nun schnüffeln wir nicht gerne in fremder Leute Wohnung herum, aber in diesem Fall sahen wir uns doch genötigt zu handeln. Schon im Hausflur empfing uns ein süßlich fauliger Geruch, der allem Anschein nach aus dem Keller nach oben gekrochen kam. Wir beratschlagten uns mit fünf weiteren Nachbarn, ob wir den Abstieg in den Keller ohne Gasmaske wagen sollten. Herr Krause aus der 15, ein geübter Freizeittaucher wollte seine Tauchausrüstung mit Atemmaske und Sauerstoffflasche holen, Frau Ömmelmeier aus der 17 wollte gehört haben, dass austretendes Gas genau so und nicht anders röche und Frau Pempelmann aus der 11 wollte aus dem letzten Sonntagskrimi wahrgenommen haben, dass Leichen so ähnlich riechen, wenn sie eine Weile einfach ungekühlt so rumliegen. Der Hubert aus der 9 schloss dies kategorisch aus und merkte als geübter Angler an, dass solch ein Geruch eher auf verwesende Fische hinwies. Jedenfalls traute sich keiner runter in den Keller. Die Heinze aus der 19 ließ aber nicht locker und wollte, vor allem wegen der Anmerkung der Pempelmann, unbedingt die Polizei rufen. Vielleicht seien die Täter ja noch im Haus. Wir gaben am Ende nach und alarmierten die Polizei, nicht ohne vorher noch die Eigenheimbesitzer von unserem Schritt per Whatsapp informiert zu haben und zwar mit dem dazugehörenden Tatverdacht. Nach wenigen Minuten traf nicht nur die Polizei ein, sondern auch die Feuerwehr und der Krankenwagen. Im Hintergrund ca. 100m entfernt parkte dezent der Leichenwagen der Bestattungsfirma Horst Letztenendes. Die Polizei ließ sich von inzwischen 23 versammelten Personen den Sachverhalt genauestens schildern und entschloss sich dann erst einmal die Feuerwehr vorzuschicken, weil diese über Atemgeräte verfügte. Mit Atemschutzgerät ausgestattet stieg ein Feuerwehrkommando die Treppe hinab, gefolgt von zwei Polizisten mit Handfeuerwaffe im Anschlag und einem angeleinten Spürhund, den ich wirklich nicht beneidet hatte. Nach wenigen Augenblicken erfolgte ein kräftiges Gekläffe des Spürhundes, der offenbar die Quelle des üblen Gestanks ausgemacht hatte. Er stand vor einem mannshohen Gefrierschrank, aus dem eine bräunliche Flüssigkeit entwich, offenbar sehr schmackhaft für grün schimmernde Schmeißfliegen und einem Bataillon anderer bodennah lebender Sechsfüßer, die sich bereits quirlig in Pelotonstärke am Fußboden versammelt hatten. Nun machten sich die Atemschutzgeräte der Feuerwehr bezahlt, als einer die Tür öffnete. Die beiden Polizisten wichen sofort zurück und brachten ihren Hund in Sicherheit. Sie warteten draußen im Freien auf die Feuerwehrleute. Die kamen bereits nach wenigen Minuten mit Blaulicht und Sirenenklang. Der Gefrierschrank war offenbar schon seit längerer Zeit ohne Strom. Der Stecker war gezogen, jedoch ohne dass zuvor das Gefriergut entnommen worden war. Hubert aus der 9 lag gar nicht so sehr daneben, denn Fisch war dort auch untergebracht gewesen.

Jedenfalls zogen sich die Einsatzkräfte zurück und nach und nach etwas enttäuscht auch die Nachbarn, hatten sie doch einen veritablen Kriminalfall erwartet. Ebenso frustriert hatte sich die dezente Firma Letztenendes aus dem Staub gemacht, denn für den entdeckten Kadaver war nun eine andere Firma zuständig, nämlich die städtische Müllabfuhr.

Die in große Unruhe versetzten Eigenheimbesitzer hatten wir inzwischen vollkommen vergessen. – Als sie zwei Tage später nach vorzeitig abgebrochenem Urlaub zu Hause ankamen und den ätzenden Restgeruch mit eigener Nase wahrzunehmen gezwungen waren, wandten sie sich zunächst an die unmittelbaren Nachbarn, also an uns, um sich nach den genaueren Umständen zu erkundigen. Doch weil wir beschlossen hatten, nicht zu Hause zu sein, wandten sie sich an die anderen Nachbarn in der Straße, die jedoch auch nicht aufmachten. Ein Anruf bei der Polizei etwas später brachte dann nicht nur die Aufklärung, sondern auch noch eine Rechnung für den Feuerwehreinsatz, eine weitere Rechnung vom Sondereinsatz der Stadtwerke sowie die Rechnung des

Kammerjägers, der aufgrund einer Aufforderung des Gesundheitsamts umgehend zum Einsatz gekommen war. Außerdem lag ein Zettel im Briefkasten, der das Angebot eines Tatortreinigers enthielt.

Inzwischen ist ein halbes Jahr ins Land gezogen und wir sprechen schon wieder mit unseren Nachbarn. Wir haben uns für den nächsten Urlaub eines fest geschworen: Wir werden in jedem Fall vorher genauestens besprechen, was wir vergessen, in die Liste aufzunehmen. Aus Schaden wird man bekanntlich klug, selbst wenn es der Schaden anderer ist.

Danksagungen

Mein herzlicher Dank gilt einmal mehr meinem Freund Reinhard Clement, der mich bei der Erstellung des Buches technisch unterstützt und beraten hat. Er war eine große Hilfe. Außerdem bedanke ich mich bei meiner Enkelin Nele Brunswig für ihr kritisches Lektorat. Sie hat so manchen Flüchtigkeitsfehler entdeckt und darüber hinaus auch auf inhaltliche Unstimmigkeiten aufmerksam gemacht. Nicht zuletzt möchte ich meiner lieben Frau Petra für ihre Geduld beim Zuhören und Lesen meiner Texte bedanken. Sie hat so manchen wertvollen Hinweis zu Formulierungen gegeben und damit zum Gelingen des Buches erheblich beigetragen.

Wuppertal, den 1. September 2023